ESSAI

SUR

LES CLASSIQUES

ET LES ROMANTIQUES.

IMPRIMERIE MOREAU,
RUE MONTMARTRE, N°. 39.

ESSAI

SUR

LES CLASSIQUES

ET LES ROMANTIQUES;

Par Cyprien DESMARAIS,

AUTEUR DES CONSIDÉRATIONS SUR LA LITTÉRATURE ET LA SOCIÉTÉ EN FRANCE AU DIX-NEUVIÈME SIÈCLE, ET D'UN TABLEAU HISTORIQUE DES PROGRÈS DE LA CIVILISATION.

Decipimur specie recti.....

PARIS,

Chez

Auguste UDRON, libraire, quai Malaquais, n°. 13;

VERNAREL et TENON, rue Hautefeuille, n°. 30;

Et à la Librairie Ancienne et Nouvelle, Palais-Royal, galerie de Nemours, n°. 13.

1824.

PRÉFACE.

J'AI essayé, dans cet écrit, de soumettre à une discussion méthodique, le procès des classiques et des romantiques. C'est peut-être une entreprise téméraire : en effet, cette question semble devoir rester rebelle à l'analyse ; et quand on croit la saisir sous un point, elle échappe par un autre. Pour rendre raison de cette difficulté, il faut tenir un compte exact des élémens divers, des causes variées et même contradictoires, qui viennent se mêler à cette querelle polémique.

J'ai cru, toutefois, après avoir attentivement comparé entre elles plusieurs opinions publiées sur ce sujet, pouvoir réunir et fixer dans un certain ordre, les observations que l'examen de cette question a fait naître dans mon esprit.

Le plan de cet ouvrage est indiqué par l'enchainement des chapitres. On s'apercevra aisément que dans le tableau de mes observations, et afin d'expliquer les variations de la littérature, j'ai insisté surtout sur la différence des temps, des habitudes et des mœurs; et que j'ai, en conséquence, donné beaucoup de place dans cet écrit aux développemens historiques. Je dois m'en excuser. Mais, toutefois, je peux avouer que, soit prévention de mon esprit, soit défaut d'examen, j'ai trouvé ce côté de la question plus fécond que tout autre en conséquences lumineuses.

Je me suis appliqué principalement à
signaler les différences qui isolent entre
elles les littératures du dix-septième, du
dix-huitième et du dix-neuvième siècle.
Le dix-huitième siècle m'a paru avoir étran-
gement abusé de ce qu'on peut appeler la
civilisation de l'esprit, et avoir ainsi pré-
paré les causes qui devaient, sinon flé-
trir, au moins décréditer sa littérature : il
a offert à l'histoire l'exemple d'une de ces
époques où, par un abus des facultés intel-
lectuelles, on en vient à considérer comme
des chimères, les émotions du cœur et les
jouissances de l'imagination. Le peuple le
plus spirituel de la terre peut arriver ainsi à
une sorte de matérialisme raffiné, dont les
effets s'étendent, non-seulement aux principes religieux, mais encore à tout ce qu'il
y a de noble et d'exalté dans les sentimens

et dans les pensées. Il n'y a, dans cet état de choses, qu'une révolution qui puisse ramener à la nature une société, qui s'est pervertie dans les efforts mêmes qu'elle a faits pour perfectionner son esprit.

En considérant la question des romantiques et des classiques sous des rapports qui sont loin de se borner à une discussion purement littéraire, j'ai dû me mettre hors d'état d'arriver à une solution simple ; c'est-à-dire, à donner exclusivement gain de cause ou aux classiques ou aux romantiques. Toutefois, j'ai tiré de mes observations, cette conséquence, que le retour vers le classique pur paraissant devoir être impossible, et le romantique étant seul en rapport avec l'état de la sensibilité humaine à notre époque, et pouvant seul lui servir d'expression, tous les efforts devaient tendre à épurer le romantique, et à soumettre ses productions, autant toutefois que la différence des genres pourrait le permettre, au goût sévère du classique.

Après avoir examiné la question sous le rapport métaphysique, historique et littéraire, j'ai discuté en peu de mots quelques-unes des opinions émises sur le même sujet par des écrivains distingués. Si j'avais cédé au respect que j'ai pour leurs noms, et à l'admiration que m'inspirent leurs talens, je me serais livré à une analyse plus complète de leurs observations et de leurs systèmes. Je dois aussi m'excuser d'avoir gardé le silence sur les opinions de quelques autres écrivains, publiées au sujet du romantique et du classique : diverses circonstances ne m'ont pas toujours permis de réunir, soit les ouvrages, soit les numéros des feuilles périodiques où elles ont été déposées. J'espère compléter plus tard cette partie de mon travail.

Je n'ai pu me dissimuler que la plupart des feuilles publiques, ayant déjà pris parti pour ou contre dans la question des *classiques* et des *romantiques*, seraient portées à accueillir cet écrit avec quelque prévention, et me priveraient ainsi de l'indulgence dont j'ai le plus grand besoin. J'espère, qu'ayant égard à cette observation, et considérant cet ouvrage comme étant plutôt l'analyse des opinions d'autrui, que l'expression de mes opinions propres, elles seront pour moi des juges, et non point des adversaires.

ESSAI

SUR LES CLASSIQUES

ET LES ROMANTIQUES.

CHAPITRE Ier.

Observations préliminaires.

La question entre les classiques et les romantiques n'est pas seulement une querelle de mots ; c'est une question de choses. Si la distinction entre les deux genres n'était pas une distinction réelle, si la dispute ne provenait que d'un mal-entendu ou d'un défaut d'accord sur le sens de quelques expressions, il y a déjà long-temps que le combat aurait cessé.

Il arrive dans cette lutte polémique comme dans beaucoup d'autres, que souvent les ha-

biles se taisent, tandis qu'une foule d'hommes médiocres se battent en champ clos à côté de la question. Mais ce qui est propre à ce grand procès littéraire, c'est que le débat ne semble exister qu'aux yeux de ceux qui se passionnent pour l'un ou l'autre parti ; tandis que les indifférens s'obstinent à n'y voir qu'une dispute de mots. Parmi ces derniers, il en est quelques-uns qui renvoyant les *romantiques* à l'étimologie du mot *classique*, semblent leur dire : « Insensés, qui vous
» battez pour des dieux fantastiques, posez
» les armes ; voici que nous vous apportons
» un traité de paix. C'est la charte de récon-
» ciliation ; nous voulons bien la laisser tom-
» ber entre les deux camps ; cette charte,
» c'est le Dictionnaire de l'Académie, qui
» vous apprend, que les auteurs *classiques*
» *sont ceux qui font autorité en matière de*
» *littérature.* Il n'y a donc que des *classi-*
» *ques ;* les *romantiques* n'existent pas : car
» l'Académie n'en a pas parlé. »

D'autres, apportant dans cette question un dédain aussi superbe, décident de prime abord, qu'il faut ranger parmi les classiques tous ceux qui se conforment aux règles établies pour conserver les lois du goût, et qu'il faut signaler du nom ou plutôt du sobriquet de *romantiques* ceux qui s'en écartent. Cette manière de juger la question est tellement puérile et vulgaire, que ce n'est pas la peine de s'arrêter à en faire sentir le vide et le ridicule. Devant une logique aussi débile, la question reste toujours entière ; car ces lois sévères du goût n'étant jamais applicables d'une manière rigoureuse, et devant toujours être entendues par interprétation, il reste à décider quels sont les meilleurs juges de leur genre d'application.

Tant qu'on s'arrêtera à la signification plus ou moins arbitraire des mots *classiques* et *romantiques*, la difficulté restera insoluble ; chacun traduira les mots dans le sens qui conviendra le mieux à la conséquence qu'il veut en tirer.

La question ne peut pas mieux recevoir une solution, si on la considère d'une manière purement littéraire : car alors on n'en présente qu'une partie à l'observation : c'est comme un grand procès, qui contiendrait deux difficultés bien distinctes entre elles , l'une portant sur le fond , l'autre sur la forme ; le procès serait-il décidé , si les juges oubliaient la question du fond pour ne décider que la question de forme ?

Il y a encore une autre manière de fuir l'examen de la querelle entre les romantiques et les classiques ; c'est de prétendre que les *romantiques* sont inintelligibles , et qu'avant de pouvoir les juger, il faudrait commencer par les traduire. Je réponds que l'extrême clarté du style est à la fois le sceau de la médiocrité et le cachet du génie ; et qu'une foule de productions brillantes peuvent tenir le milieu entre ces deux extrémités opposées.

Il en est d'autres , dont l'esprit combinant mal ensemble des opinions politiques avec des idées littéraires , se trouve ainsi porté à appliquer aux unes et aux autres les mêmes règles de raisonnement. De cette manière , ils s'avancent d'erreurs en erreurs. En effet, les élémens intellectuels qui constituent les différentes parties de la question dont il s'agit ici , ne marchent point d'une manière parallèle avec les deux grands systèmes qui entraînent dans leurs sphères toutes les opinions politiques : il arrive ainsi, que chacun apporte dans l'examen de ce procès littéraire, des préventions, des préjugés et même des lumières, qui ne sont nullement applicables à cette polémique. De cette sorte, l'obscurité s'accroît de plus en plus dans le choc de la dispute. On ne combat qu'en hésitant, et il est facile aux observateurs de remarquer qu'aucune conviction n'anime les avocats des deux causes.

CHAPITRE II.

État de la question.

En général, lorsqu'il se forme deux grandes opinions sur une question relative à la littérature ou aux beaux-arts, chacune d'elles veut seulement prouver sa prééminence sur sa rivale ; il ne s'agit jamais d'autre chose. Ici, entre les romantiques et les classiques, il en est tout autrement : d'un côté, les romantiques ne prétendent pas offrir leurs compositions comme des modèles puisqu'ils commencent ; de l'autre, les classiques se bornent à soutenir qu'il faut strictement se soumettre aux règles posées par les grands écrivains de l'époque classique par excellence, je veux dire du siècle de Louis XIV ; chose qu'on ne leur conteste pas, à ce qu'il me semble.

Il ne s'agit donc point ici d'une question de supériorité entre les parties litigantes, comme il arriva autrefois entre les Piccinistes et les Glukistes : il ne s'agit même pas d'une discordance sur les règles générales à suivre en matière de goût. Au fond, les romantiques prétendent qu'on doit leur permettre certaines hardiesses de langage, un certain abandon de style que les classiques appellent du mauvais goût et de la barbarie; mais personne ne saurait reconnaître que les romantiques aient manifesté l'étonnante prétention de s'affranchir de toute règle.

En matière de goût littéraire, les règles sont de plusieurs espèces : il y a des règles en quelque sorte matérielles et apparentes qui peuvent être démontrées; ces règles ont été éloquemment tracées par Quintilien, La Harpe et Marmontel. Mais il y a d'autres règles plus intimes qui sont senties plutôt qu'enseignées, que la nature inspire, que l'art du rhéteur ignore, que l'on n'étudie pas et que l'on subit. Ces règles et leur observation constituent le génie d'un homme et le génie d'un siècle; elles président aux grandes modifications que le temps et la nature amènent dans les travaux de l'intelligence humaine.

Or, quant à la première sorte de ces règles du goût, les écrivains qui se décorent parmi nous du nom de classiques, les offensent tout aussi souvent que les romantiques, et certes, les ouvrages de Walter-Scott sont aussi fidèles à ces règles, que les productions de Voltaire. Toutefois, cette observation, que je ne place là qu'en passant, ne doit pas tirer à conséquence, parce qu'elle est anticipée dans l'ordre des réflexions que j'ai à développer.

Les règles dont l'application se rattache au procès littéraire dont il s'agit, appartiennent donc à la seconde espèce que j'ai tâché d'indiquer. Et ces règles, qui, par leur nature, sont si délicates, si inaperçues, si fugitives, rendent la question d'autant plus facile à résoudre; car leur juste application dépend d'un si grand nombre de circonstances, qu'aux yeux du vulgaire, elle doit souvent passer pour arbitraire.

D'après ces observations, je ne suis plus étonné d'avoir entendu plusieurs hommes de talent s'écrier, qu'ils ignoraient ce que c'était que la querelle entre le *classique* et le *romantique*. En effet, on peut remarquer, en général, que les écrivains de notre époque, doués d'un talent vrai, subissent comme malgré eux, et même à leur insu l'inspiration d'une littérature nouvelle. Ils sont les enfans de leur siècle; mais sont-ils *classiques* ou *romantiques?*

Cependant si l'on considère la question sous le rapport des règles les plus usuelles du bon goût, de celles que nous avons rangées sous la première espèce dans la distinction que nous avons établie, on ne sera pas surpris qu'un grand nombre d'écrivains très-recommandables proscrivent sévèrement le *romantique*. Car il faut l'avouer, nous avons vu le sceau du *romantique* appliqué sur des compositions si bizarres et si monstrueuses, qu'il a bien fallu proscrire le nom afin de proscrire la chose. Mais cette justice trop hâtée, qu'on voulait rendre au bon goût, a déplacé la question en donnant une détermination vague et fausse à certains mots, dont il est impossible de la détacher : ainsi, par l'effet de cette modification, le mot *roman-tique* ne signifie plus qu'*extravagant*, tandis que le mot *classique* veut dire, mesure et sagesse dans l'art d'écrire ; mais il ne veut pas dire génie.

Il faut donc tâcher d'isoler la question des circonstances accessoires, qui l'ont dénaturée en jetant la confusion parmi ses élémens. Le mot *romantique* est tout moderne ; il fut introduit dans notre langue au commencement de ce siècle. Selon la définition de l'excellent dictionnaire de Boiste il *se dit des sites, des paysages propres à faire des descriptions attachantes.* Ce mot exprima d'abord le pittoresque dans le genre descriptif. Peu à peu le sens du mot s'agrandit. On chercha bientôt à introduire dans la peinture des sentimens et des passions les qualités de la description *romantique.* Tous les effets et tous les phénomènes de la nature physique furent invoqués pour prêter leurs images aux tableaux les plus passionnés de la nature intellectuelle : c'est ainsi que le genre *romantique*, qui n'avait été qu'un accident dans la littérature, devint le fondement d'une nouvelle école.

En jetant un regard rapide sur les variations diverses que le mot *romantique* a subies, nous arrivons à considérer l'état de sa détermination actuelle. Le *romantique* est venu à être le nom d'une école. Aujourd'hui il a dépassé ce terme : aux yeux de la plupart des gens, il n'exprime guère plus que les abus de cette même école.

Mais dans le sens philosophique, et dans ses rapports avec les hautes théories littéraires, que doit signifier la question des *romantiques* et des *classiques?* Si elle n'est qu'une question de mots, ce n'est pas la peine qu'on s'y arrête; si elle n'est qu'une question de goût, elle passera de mode, laissant peu de traces de son passage. Mais si la question du *romantique* est une question à la fois politique, morale et littéraire, les élémens qui la font surgir, exerceront une influence décisive sur les destinées littéraires de l'Europe et surtout de la France.

Il est d'ailleurs impossible qu'une innovation littéraire, dont l'opposition coïncide avec l'époque d'une grande révolution politique n'ait d'autre rapport avec celle-ci que de lui être contemporaine. Il y a des époques décisives pour la destinée des peuples, où les mots sont investis du plus grand pouvoir : car ils expriment alors tout ce que la société possède ; tout ce qu'elle regrette ; tout ce qu'elle désire.

Considérée sous ce point de vue, la question du *romantique* et du *classique* est donc une question extrêmement grave : car puisqu'elle exprime un état intermédiaire de la société, entre le passé et l'avenir, elle intéresse cette même société toute entière.

La littérature au dix-neuvième siècle ne peut, pas mieux que la société, redevenir ce qu'elle fut au siècle de Louis XIV ; elle ne saurait donc être *classique*, dans le sens que donnent à ce mot certaines personnes. De quelle manière cette littérature restera-t-elle sans périr, sous l'influence du *romantisme ?* voilà ce qu'il importerait d'examiner.

CHAPITRE III.

Coup-d'œil sur les époques les plus remarquables de la littérature française.

J'ai dit que la question qui faisait l'objet de cet examen n'était pas purement littéraire; je la considère comme étant en même temps métaphysique et surtout politique. Ces trois caractères dont elle s'empreint en rendent la solution d'autant plus difficile. Elle est métaphorique, parce que les innovations qui se font remarquer dans la littérature actuelle, sont la conséquence des changemens survenus dans l'esprit national; elle est politique, car ces modifications de l'esprit d'un peuple, qui ont produit dans la littérature des modifications analogues, sont la conséquence immédiate des révolutions politiques.

Il est des nations chez lesquelles la littérature semble poursuivre un cours uniforme à travers les révolutions qui ébranlent les

États ; mais il faut remarquer que là , où un pareil phénomène se présente , on voit que le caractère national est resté à l'abri des changemens que lui font ordinairement subir les secousses politiques. Ainsi , pour offrir un exemple de ce phénomène , on peut citer la littérature italienne , qui , depuis le siècle de Léon X., depuis Pétrarque et le Dante , est restée toujours à-peu-près la même ; tantôt faisant briller d'une manière plus vive , tantôt laissant pâlir l'éclat de sa gloire , suivant qu'elle était cultivée par un plus ou moins grand nombre d'hommes de génie. L'Angleterre offre un phénomène analogue ; mais ici , une fixité plus constante dans le caractère national , une tendance obstinée vers la conquête de libertés publiques , concouraient à imprimer à la littérature ce caractère d'uniformité qu'elle conserve , au milieu des aberrations nombreuses du goût britannique : elle est uniforme dans son irrégularité.

La littérature française a suivi une autre marche. Elle parvint tout-à-coup , au siècle de Louis XIV, à un état de pureté inconnue

aux autres littératures de l'Europe. Ce n'était
point toutefois sous les inspirations de la gloire nationale qu'elle arrivait si vite au sommet de la perfection : les muses de la mythologie antique avaient été invoquées ; le
génie de Sophocle et d'Homère, comme fier
d'avoir traversé sans périr dans l'oubli les
ténèbres du moyen âge, semblait renaître à
la cour de Louis-le-Grand. Les inspirations
littéraires de la Grèce et de Rome se mêlèrent
tout-à-coup à la vivacité insouciante des
mœurs françaises. Les classes supérieures de
la société qui recevaient plus vivement les
influences de la littérature de Corneille et
de Racine, furent modifiées dans leurs sentimens et dans leurs habitudes, tandis que
la masse de la nation restait peut-être plus
fidèle au type primitif du caractère français.
Il y eut ainsi une espèce de lacune dans les
mœurs de ce peuple, qui fut comblée par
les flots de sa gloire. Cette France, moitié
grecque, moitié gauloise, fut jetée sur le dix-
huitième siècle, qui, voyant tant de palmes
cueillies, chercha une autre moisson. Cette
époque nouvelle, qu'on appela l'ère de la

philosophie, fut éblouie et comme importunée par les reflets de gloire que les travaux de l'époque précédente répandaient sur elle. Les écrivains du siècle de Louis XIV avaient attiré sur la France les regards du monde entier; les philosophes qui suivirent, effrayés de cette rivalité, voulaient à tout prix fixer sur leurs productions l'attention universelle. Un immense amour-propre enfantait un semblable projet : et dès ce moment, aucune grande inspiration littéraire ne vint animer tous ces génies au travail, plus avides d'étonner que d'instruire. A ces travers de la vanité en délire se mêlèrent des prétentions désastreuses : la littérature devenue raisonneuse, ayant méconnu les inspirations profondes et vraies, se fourvoyait dans l'irréligion. La licence des mœurs excusait le sourire de l'impiété; et la religion semblait s'endormir au bruit des blasphèmes. Amenée par un torrent dont chacun s'empressait de hâter le cours, la révolution française survint. Elle détruisit tout; et d'une manière si impitoyable, que chaque chose recommença sur de nouvelles bases. C'est à cette époque qu'il faut placer le berceau des nouvelles mœurs, d'une nouvelle politique et d'une nouvelle littérature. Comment, lorsque tout était nouveau, la littérature ne se serait-elle pas renouvelée ?

- Ce renouvellement était d'autant plus inévitable, qu'aucun lien n'avait rappelé à un même centre d'unité les caractères divers des principales époques littéraires; rien n'y rattachait le présent au passé. La littérature française, toute couverte de gloire, avait jeté le plus brillant éclat, sans fonder aucun empire dans l'opinion. Elle voulait que la postérité admirât ses travaux; mais ! elle n'avait pas aspiré peut-être à conquérir la postérité. Lorsque les opinions et les doctrines subirent le bouleversement révolutionnaire, il ne se trouvait dans les travaux littéraires des époques précédentes, rien qui pût être d'une utilité immédiate pour le rétablissement de l'ordre public, pour la restauration des autels et des trônes, pour le rappel aux bonnes mœurs et aux sentimens religieux; et non-seulement il y avait défaut de lien entre les choses nouvelles et les choses anciennes. Il y avait de plus contrariété et opposition ; en effet , pour rétablir l'ordre et la religion, c'était peu de tolérer la littérature du dix-huitième siècle, il fallait encore en quelque sorte la proscrire. Les divers gouvernemens, qui, à ces époques désastreuses , se succédaient rapidement sur les ruines les uns des autres , sentaient cette nécessité, comme par instinct. Et Robespierre, en proclamant l'immortalité de l'âme , fit une épigramme sanglante de la littérature et des doctrines irréligieuses du dix-huitième siècle.

S'il est vrai que la littérature , comme on l'a dit souvent, soit l'expression d'un siècle ; s'il est vrai que du choc inévitable des choses et des hommes, amené par le temps , il doive résulter de nouvelles combinaisons d'habitudes, d'usages et de mœurs, n'est-il pas dès-lors évident que si, dans le cours de l'histoire d'un même peuple, une époque inouïe se présente, qui n'ait rien de commun avec les époques précédentes, elle produira des mœurs et une littérature toutes différentes des mœurs et de la littérature des âges antérieurs,

Il ne faut donc pas se lasser de répéter à ceux qui renferment dans le cercle étroit de certaines règles littéraires, la question du *classique* et du *romantique*, qu'ils ne se placent pas dans le point de vue le plus propre pour l'envisager sous toutes ses faces.

2.

CHAPITRE IV.

Comment la révolution a dû produire une nouvelle littérature.

La littérature de chaque siècle s'adresse toujours à la sensibilité et à l'imagination des peuples qui vivent dans la même période de temps ; c'est le pôle vers lequel elle tend sans cesse. Mais la littérature qui finit souvent par modifier les caractères de la sensibilité nationale, commence d'abord par s'adapter à cette sensibilité même : c'est un conquérant désarmé qui prend les mœurs et les manières de celui dont il veut triompher ; telle est la condition de sa victoire. La littérature du grand siècle, qui, dans son application aux mœurs publiques de l'époque, semblerait devoir faire exception à cette règle, obéissait toutefois à l'esprit général du temps. Ce qu'on appelait autrefois les bonnes études, donna une impulsion décisive à la littérature. On entendait par

ces mots, l'imitation méthodique et raisonnée
des littératures grecque et romaine. Il est vrai
que chez la plupart des autres grandes nations de l'Europe les mêmes études ne furent
point négligées ; et toutefois, ces mêmes littératures furent plutôt empreintes d'un caractère national que la littérature française.
Mais il faut remarquer qu'aux mêmes époques, les langues de ces peuples, par des
circonstances qui se rapportent surtout à
leur formation primitive, se trouvaient plus
avancées vers leur perfectionnement, et par
conséquent, plus propres à exprimer, sans
avoir besoin du secours de l'imitation de
l'antique, les passions avec leurs nuances
infinies, et surtout le beau idéal de la littérature et des arts. D'ailleurs, le succès des
premières tentatives détermine souvent une
direction d'abord incertaine ; et si, à la même
époque, quelque grand poète, Anglais ou
Allemand, eût transporté sur la scène mo-
dérne les tragédies de Sophocle et d'Euripide avec autant de bonheur que le fit Racine parmi nous, peut-on affirmer que cet
événement n'eût pas imprimé aux littéra-

tures de nos voisins une tout autre direction ?

En France, les grands succès obtenus
dans l'imitation de la littérature antique,
détournèrent les écrivains de chercher la
source des émotions littéraires dans la mine
si riche du caractère national. Cette distrac-
tion de la littérature du siècle de Louis-
le-Grand se reproduisit chez les écrivains
de l'époque suivante. D'autres caractères
plus funestes, déterminés par des circonstances spéciales, signalèrent cette autre littérature. Mais ce qu'il y a de remarquable,
c'est qu'à l'époque où éclata la révolution,
la France pouvait offrir au monde deux siècles de gloire littéraire, sans que sa littérature eût encore été française, dans toute
l'énergie de ce mot.

Ainsi, lorsque la révolution éclata en
France, la nation se trouvait, pour ainsi
dire, en dehors et de ses institutions et de
sa littérature. Il fallait remonter jusqu'aux
époques chevaleresques et près des temps
de la barbarie, pour retrouver la vive empreinte du caractère national. La France,

n'ayant aucun appui dans le passé, s'offrait, toute désarmée, à l'action épouvantable du tourbillon révolutionnaire.

Tout fut dispersé par la tempête. Mais bientôt un besoin immense de consolation et de repos se fit sentir. La littérature, si classique, si belle et si calme du siècle de Louis XIV, restait étrangère à la sensibilité nationale en souffrance. La littérature du dix-huitième siècle, si peu soucieuse de grandes destinées de l'homme, ne pouvait plus être offerte que comme un jouet de dérision à une nation dans les larmes. L'état de la sensibilité nationale appelait donc une nouvelle littérature, qui, sans être étrangère aux deux littératures précédentes, n'accepterait pas entièrement leur héritage.

C'est de cette époque que commencent à prendre date les invasions d'une littérature nouvelle. Toutefois, un peu avant ce temps, avaient paru, entr'autres, deux ouvrages qui faisaient en quelque sorte comme un appel au nouveau genre; je veux parler de *la Nouvelle Héloïse* de Rousseau, et de *Paul et Virginie* de Bernardin de Saint-Pierre. Ces deux hommes, qui avaient vécu long-temps loin de la société, rapportèrent, en rentrant dans son sein, tous les trésors d'une sensibilité vive et profonde. Le sentiment et l'imagination étaient deux qualités essentielles, qui devenaient alors, de jour en jour, plus rares dans la littérature, et que les hommes de talent ne pouvaient plus retrouver que dans la solitude ; car il est des époques déplorables où le génie ne saurait plus se reconnaître lui-même que dans l'isolement des hommes et parmi les douleurs de l'âme. Les modifications que des circonstances particulières avaient fait subir à la sensibilité de ces deux hommes célèbres, furent apportées à la sensibilité nationale par les malheurs de la révolution.

L'effet que la lecture de *Paul et Virginie* et de *la Nouvelle Héloïse* avait commencé à produire sur la sensibilité du peuple français, les catastrophes d'une époque désastreuse l'achevèrent. Il ne faut cependant pas croire que, lors même que la révolution ne fût pas venue jeter autant de désordre dans les choses humaines, la littérature n'eût pas subi quelque importante innovation. L'empire des idées fausses dont le dix-huitième siècle avait inondé la littérature se serait écroulé tôt ou tard : le nouveau sillon littéraire, ouvert par l'auteur de *la Nouvelle Héloïse*, aurait été parcouru. Mais, dans ce cas, la littérature s'étant moins mêlée avec les passions politiques, serait restée plus à l'abri des abérations du goût : d'autre part, l'inspiration religieuse se serait montrée plus tard dans le domaine des lettres. Et peut-être de cette action moins violente, moins heurtée, serait résulté plus d'harmonie entre les influences littéraires et sociales.

Il est dans la nature des révolutions de mettre surtout en évidence les vices moraux ou politiques qui les amènent, et d'inspirer l'horreur des excès qui signalent leur passage. Par l'effet d'une réaction nécessaire, l'instinct d'un peuple recherche ensuite bien plus vivement les institutions morales et religieuses, qui lui ont manqué au jour du malheur. Voilà pourquoi les sentimens et les idées, que la littérature du dix-huitième siècle cherchait à exiler de l'empire littéraire, devinrent un objet de culte et de vénération pour cette autre littérature qui apparut parmi nous dans les premières années du dix-neuvième siècle. Comme le choc qui avait renversé tout ce qu'il y avait de sacré parmi les hommes avait été violent et terrible, la réaction qui devait les rétablir eut quelque chose de désordonné et de sauvage. On ne remarqua pas assez d'abord tout ce que cette nouvelle direction des esprits présentait d'extraordinaire, parce que dans le moment du naufrage on cherche seulement à se soustraire à la mort; après le danger, on remarque et l'on décrit les moyens qu'on a employés pour échapper à des périls si imminens.

La littérature et la société sont toujours dans une réciproque dépendance; mais les influences qu'elles exercent l'une sur l'autre ne sont pas toujours dans des proportions égales. Il y a des temps où la littérature modifie la société; d'autres temps où la société modifie la littérature.

Lorsque la société a une direction forte

et décisive ; lorsqu'on y remarque plus d'activité que de bonheur ; lorsque les passions
politiques ont fait un ambitieux de chaque
citoyen ; dans un tel état de choses , il y a
peu de place pour la littérature : elle reçoit
l'empire plutôt qu'elle ne l'exerce. Mais chez
un peuple que la gloire a couronné de mille
palmes , et qui se repose dans la puissance ,
la littérature trouve un accueil facile. Car le
charme des arts ne s'exerce que sur un su-
perflu de l'existence , que sur un certain dédain de la pensée pour les besoins de la vie.
C'est ainsi qu'au siècle de Louis XIV, le grand
mouvement littéraire qui signala cette époque, se faisait principalement sentir dans les
hautes classes de la société , qui étaient alors
puissantes et oisives. Sous l'ère littéraire du
dix-huitième siècle il y eut encore du repos ;
mais c'était un repos inquiet, et pour ainsi
dire turbulent. La littérature , qui s'adres-
sait à des passions haineuses , au lieu de parler à des sentimens généreux et fiers , tra-
vaillait à introduire la violence dans les esprits, le désordre dans l'intelligence , les
révolutions dans l'État. Après la catastrophe

révolutionnaire, la littérature trouva dans les âmes ce vide qu'elle aime à remplir, ce repos qu'elle se plaît à exalter et à anoblir : mais ce n'était plus ni le vide, ni le repos qui naissent de la satiété des jouissances ; c'était la lassitude de la douleur ; c'était l'épuisement des larmes. Il était donc naturel que les écrivains s'adressassent à la sensibilité nationale, telle que les malheurs l'avaient faite. Ceux qui, méconnaissant l'influence de cette nouvelle destinée, écrivaient sous les auspices du génie philosophique des temps antérieurs, étaient déjà moins compris et moins lus ; aussi Rousseau et Bernardin de Saint-Pierre étaient des contemporains, tandis que Diderot n'était plus qu'un philosophe d'un autre siècle. C'est, sans doute, à l'effet de ces circonstances, qu'il faut attribuer cette précoce vieillesse, qu'ont tout-à-coup subie les auteurs de l'Encyclopédie. Ils sont déjà bien loin de nous.

Le changement des influences politiques n'appelait pas avec moins de force une littérature nouvelle. Pendant le règne brillant du dix-septième siècle, il n'y avait qu'un seul homme en France qui fût quelque chose en politique; c'était Louis XIV. Pendant le siècle suivant, presque tous les hommes de lettres croyaient faire de la politique ; ils ne firent que de l'impiété. Mais l'influence de la littérature de cette époque sur l'esprit national, fut immense. La littérature, qui se courbait elle-même sous le joug de la commune corruption, ne faisait qu'accroître cette corruption même, en la propageant. La fausse gloire qu'elle obtenait ne servait qu'à l'enivrer. Elle pensait conquérir, elle ne faisait que séduire.

Quoiqu'après la révolution finie, il ne restât, pour ainsi parler, plus de trace de la littérature du dix-huitième siècle ; toutefois, le peu de bien que cette littérature avait produit au milieu de beaucoup de maux, fut la seule chose qui survécût d'elle-même.

La philosophie de cette époque, tout en s'exerçant dans l'art du sophisme, avait accoutumé la pensée à agir avec plus d'étendue, à interroger un plus grand nombre de

faits, à lier ensemble des rapports plus éloignés. La littérature prit, dès-lors, un caractère plus prononcé de généralité ; de là
vint le goût qui la porta plus tard à s'af-
filier à quelques littératures de l'Europe.

Au commencement du dix-neuvième siècle, ce penchant à généraliser les sentimens
et les idées se mêla aux besoins de la littérature. Portée, d'une part, vers les géné-
ralités, étant, de l'autre, devenue d'autant
plus libre de tout frein, qu'elle ne pouvait
plus se borner à imiter servilement les modèles des deux siècles précédens, elle tomba
bientôt dans le vague. Il faut l'excuser, car
elle ne pouvait point encore avoir de direction positive. En effet, tout était nouveau,
dans une époque pour laquelle tout commençait. Faut-il demander aux malheureux, à
peine échappés du naufrage et tout humides
encore des eaux de la tempête, des combinaisons sur leur future destinée ?

Comme la condition première de la société
était alors le rétablissement de l'ordre social, il était impossible de distraire la pensée
publique d'un besoin aussi urgent. Tous les

écrits , toutes les productions littéraires , devenaient politiques. Un autre motif déterminait encore cette direction : les maux dans lesquels la sensibilité nationale s'était comme retrempée , se rapportaient à des malheurs publics. Il fallait donc, pour émouvoir cette même sensibilité, ne pas la détacher de ses souvenirs , et l'entretenir , pour la consoler, de la cause de ses douleurs. La sensibilité humaine est ainsi faite.

Les combinaisons politiques étaient alors dans le goût de l'esprit général. Car il faut remarquer que l'intelligence est bien plus vivement excitée à deviner un avenir politique , lorsque cet avenir est plus obscur, et lorsque toutes les espérances se dirigent et se pressent à la fois vers cette ténébreuse perspective.

Considérée sous les rapports religieux, la société éprouvait encore davantage le besoin d'une littérature nouvelle. Ce n'est pas qu'on ressentît d'abord une indignation violente contre les erreurs et les travers des philosophes de l'époque précédente ; car on n'avait eu encore ni le temps ni le calme nécessaires pour envisager, dans toute leur étendue, les conséquences funestes de leurs faux systèmes. Il arrivait à la société, ce qui arrive à tous les hommes dans les épreuves difficiles de la vie, d'invoquer d'autres espérances et un autre avenir, lorsque la fortune et les hommes nous abandonnent. Chacun cherchait des consolations autour de soi; mais c'était le temps où tout était impitoyable, les hommes et les choses. Au fond des cachots, en présence des tyrans, aux pieds des échafauds, des prières secrètes s'échappaient vers le ciel : la piété devenait plus vive dans l'âme de ceux à qui le monde avait fait oublier le ciel pendant quelques jours. Ceux dont le scepticisme avait desséché le cœur éprouvaient un vague retour vers les principes religieux dont on avait comme nourri leur enfance. Ceux qui souffraient recevaient une leçon de leur propre douleur. Et s'il en était quelques-uns qui ne souffraient pas, ils s'instruisaient par le spectacle des infortunes d'autrui. Les partisans les plus déterminés des doctrines philosophiques étaient émus malgré eux

de tant de désordres, de tant de douleurs ;
plusieurs, exposant leur propre vie pour
sauver celle de leurs frères, retrouvèrent,
dans l'exercice d'une hospitalité sublime,
des sentimens que les plaisirs du siècle, que
l'entraînement des idées générales de l'époque leur avaient fait oublier. Toutes les
vengeances méditées contre la religion et
ses adorateurs, toutes les haines de parti
s'évanouissaient dans l'âme des plus féroces,
au moment où l'échafaud s'élevait sur les
places publiques, et lorsqu'ils voyaient des
amis, des frères et des époux se dire adieu
sur la terre, pour se revoir dans l'éternité.
Un autre sentiment ramenait les âmes vers
les idées religieuses : la crainte, qui n'a pas
fait les dieux, comme l'a dit un philosophe,
mais qui souvent rappelle l'homme à la
Divinité, la crainte glaçait alors tous les
cœurs. Le pouvoir, en changeant de mains,
ne changeait pas de nature : des tyrans se
succédaient sur un trône de fer : de toutes
les fanges, de tous les rebuts de la société,
s'échappaient des rois ensanglantés, qui pa-
raissaient sous la pourpre pour ordonner

mille meurtres, et pour mourir. Ils pé-
rissaient eux-mêmes sur l'échafaud qu'ils
avaient dressé. La terreur était générale :
car personne ne pouvait être assuré que
son concitoyen, que son voisin, qui n'était
que son ennemi particulier, ne devînt,
dans quelques jours, son ennemi public ;
et qu'au lieu d'avoir à lutter contre un
homme, il n'eût à se débattre contre un
tyran. Au milieu des malheurs publics,
il ne restait aucun refuge : au sein de la
patrie, on ne rencontrait que la terreur
et la mort ; hors d'elle, on ne trouvait que
l'exil. Toutes les pensées de la littérature,
naguère si légères et si vaines, étaient donc
ramenées vers les choses sérieuses. Et la ré-
flexion, quoique douloureuse et pénible,
avait d'autant plus d'activité, que la seule
chose laissée aux hommes par les tyrans de
cette époque, c'était le douloureux loisir de
la pensée. Le travail des professions et des
arts était suspendu ; il semblait que le temps
ne devait plus être employé à autre chose
qu'à pleurer et à gémir. Dans cette funeste
inactivité, dans ce repos, qui n'était que le

travail des souffrances, il n'y avait d'autres
consolateurs que la prière et les livres. On
aimait la prière, parce qu'elle faisait espérer; on aimait les livres, même les plus mélancoliques et les plus sombres, parce qu'ils
exprimaient des sentimens analogues à ceux
qu'on éprouvait, ou parce qu'ils présen-
taient le tableau d'autres infortunes : car la
douleur est le plus sûr consolateur de la
douleur.

La voix de l'histoire nous dit quelle sorte
de littérature convenait à une époque, non
moins féconde en vertus sublimes qu'en
crimes atroces. La pureté du goût dut se res-
sentir du choc de tant de circonstances extraordinaires. Ce qui conserve cette pureté,
c'est la communication des gens de lettres
entre eux, et les habitudes d'une société élé-
gante et choisie : or, les gens de lettres pou-
vaient-ils, à travers les verrous et sous les
yeux de leurs tyrans, avoir entre eux d'autre
communication que celle de leurs vœux se-
crets, de leurs craintives espérances! Le dithy-
rambe célèbre, que Delille écrivait sous le fer
te les poignards, devait passer par la main du

bourreau avant d'arriver à d'autres lecteurs. Quant à cette société choisie, qui est le second conservateur du goût littéraire, pouvait-elle exister, lorsqu'il n'y avait plus de société! Le sommet de l'ordre social avait été abattu et dispersé : et les classes intermédiaires, qui devaient plus tard occuper un rang distingué dans l'ordre politique, n'avaient encore acquis ni la puissance, ni les lumières.

Telle était, à ce qu'il me semble, la situation des esprits en France, à cette déplorable époque; telles étaient les circonstances qui modifiaient les dispositions littéraires de la nation. La portion la plus grossière du peuple, celle qui restait plus étrangère au sentiment du malheur public, était précisément celle qui ne peut quelque chose sur les destinées politiques que dans les temps d'anarchie, mais qui ne peut jamais rien sur les destinées littéraires.

D'autres époques de notre histoire avaient, il est vrai, été témoins de grands malheurs publics, moins affreux sans doute que ceux produits par la dernière révolution, mais

qui toutefois n'avaient exercé aucune influence sur la littérature. Il ne faudrait pas
en conclure par analogie, que la révolution
française n'a été qu'un grand événement sans
résultat apparent sur les habitudes sociales,
sur le développement de la littérature et des
arts. Ici il faut bien distinguer les choses et les
temps : à aucune autre époque de l'histoire
de la monarchie, la littérature n'était devenue, comme aux jours qui précédèrent la
révolution, une autre puissance politique.
C'était surtout par la littérature qu'on était
arrivé à ce grand besoin du renouvellement
de toutes choses, qui signala les approches
de la crise révolutionnaire : ainsi donc, par
cela même que la littérature avait hâté les
progrès des idées nouvelles, elle devait être
entraînée et modifiée par ces mêmes idées.
D'ailleurs, la puissance de la littérature devient immense lorsqu'elle s'exerce sur cette
autre souveraine du monde, sur l'opinion
qu'elle a formée. D'abord, la littérature,
surtout lorsqu'elle n'est point encore nationale, reste isolée; ou seulement elle n'est
en point de contact qu'avec les sommités de

l'ordre social. Mais bientôt elle descend, comme la sève, dans toutes les branches de l'arbre, dans toutes les parties de la population. Quand elle a étendu son empire sur toute cette surface immense, on dirait comme une reine qui, à force de travaux et de soins, est parvenue à établir vers tous les points d'un vaste royaume, des communications promptes et faciles. Arrivée à ce période de son développement, la littérature peut être moins parfaite, mais elle est à coup sûr plus puissante. Et ce pouvoir devient terrible, quand, au lieu du flambeau de la vérité, il a pris pour sceptre le flambeau des passions.

Toutefois, la littérature ne peut rester long-temps en prise à des erreurs aussi funestes. Elle revient bientôt au vrai par le sentiment de sa conservation, guide tutélaire de tout ce qui existe. Destinée à réchauffer, à entretenir le principe de ce qu'il y a de noble et d'élevé dans le cœur humain, elle ne peut que s'égarer ; elle ne saurait se corrompre. Et, lorsque par l'effet de cette infirmité qui s'attache à tout ce qui est sous

le ciel, elle a marché pendant quelque temps
dans une fausse direction, on la voit bientôt se retourner vers la vertu, avec toute
la vivacité du repentir. Telle fut l'une des
principales causes qui firent que la littérature, après avoir offert le double scandale
du cynisme et de l'impiété, parut se jeter
tout-à-coup, dans une sorte d'exaltation religieuse.

Or, dans cet état de choses, ni le génie
ni l'inspiration qui avaient présidé aux productions du dix-huitième siècle, ne pouvaient
suffire à la littérature française ; c'est même
le plus souvent, dans des sentimens oppo-
sés à cette inspiration qu'elle devait chercher
la source de l'enthousiasme. La littérature
du dix-septième siècle, quoique moins contraire à l'esprit des nouvelles circonstances,
en était toutefois très-éloignée. La littérature antique, dont les beautés et les grâces
se reproduisaient d'une manière brillante
dans la littérature du siècle de Louis XIV,
n'était plus appropriée aux besoins d'une
époque, qui, tout en pleurant sur les ruines
des institutions et des mœurs anciennes,

éprouvait un immense besoin de mœurs et d'institutions nouvelles. La nécessité d'une littérature nouvelle, pour l'époque dont nous parlons, était donc démontrée par cela même que l'esprit national, modifié par les événemens, ne pouvait plus trouver dans le caractère des littératures précédentes, ce qui devait former ses nouveaux élémens. Car s'il est vrai, comme on l'a dit avec beaucoup de justesse, que la littérature *soit l'expression d'un siècle*, on proclame la même vérité en disant qu'un siècle s'exprime par sa littérature.

CHAPITRE V.

Examen des changemens survenus dans la littérature française, et de leurs rapports avec les innovations politiques.

Nous avons remarqué que la nation française, après avoir passé par la plus terrible des épreuves révolutionnaires, se trouvait dans une situation toute nouvelle. La société offrait à l'observation une foule d'aspects inattendus : d'un côté, on voyait des ruines entassées ; de l'autre, de nouveaux monumens semblaient s'élever du sein de la terre comme par enchantement. Les chants d'une gloire nouvelle se mêlaient aux derniers soupirs des victimes ; et, à côté des échafauds qui s'écroulaient, l'œil étonné contemplait des trophées de lauriers. On pourrait comparer la société de cette époque à un navire, qui à peine échappé aux fureurs de la tempête, vogue, orné des banderoles de l'espérance, vers des mers inconnues.

La société était nouvelle, sous le rapport des sentimens et des mœurs ; elle était nouvelle sous le rapport des institutions politiques ; elle devait donc être nouvelle sous le rapport de la littérature.

Les malheurs que la société avait soufferts, avaient rendu la littérature mélancolique ; le retour vers les principes religieux, dont l'oubli lui avait été si funeste, lui imprimait un caractère sérieux et solennel ; l'incertitude des principes politiques, le chaos des lois, le vague des institutions, le bouleversement des fortunes, l'exaltation des unes, la chute rapide des autres, toutes ces choses portaient, par contre-coup, dans la littérature une obscurité prétentieuse, un défaut de goût ; et cette incorrection brillante qui caractérise les époques de la décadence littéraire.

La société ne s'étant point encore, dans les temps antérieurs, trouvée placée dans une situation analogue ; il est évident que les littératures des âges précédens ne pouvaient plus suffire à des besoins nouveaux, à des passions nouvelles.

Mais la littérature nouvelle devait s'empreindre des qualités et des défauts, soit des nouvelles mœurs, soit des nouvelles institutions politiques, au milieu desquelles elle se trouvait engagée. C'est dans cette espèce d'anatomie morale comparée que l'on doit trouver les causes des caractères distinctifs qui signalent cette littérature aux yeux de l'observateur. Or, quelle était alors la prétention, ou plutôt l'orgueil des lois nouvelles ? N'était-ce pas de placer leur origine à côté de l'origine de toutes choses ; de n'invoquer que des principes généraux, et de vouloir être d'une application universelle ! Le même désir de l'universalité ne distinguait-il pas aussi les premiers essais d'une littérature nouvelle ! N'est-ce pas, parce qu'elle ne voulait rester étrangère à rien de ce qui intéresse l'humanité tout entière, que la littérature cherchait sans cesse à entrer dans le domaine de la législation et de la métaphysique ! Mais les lois, comme la littérature, rencontrèrent le même écueil : les lois, en voulant se faire applicables à tous les peuples, ne s'appliquaient à aucun ; la littérature, par la prétention qu'elle montrait de vouloir parler de tout, ne traitait spécialement de rien ; enfin, la législation, ainsi que la littérature, en s'affranchissant des règles sévères qui doivent déterminer leur marche et leur développement, tendaient, l'une à la confusion politique, l'autre à la dégradation du goût.

Mais le domaine de la littérature, étant plus vaste encore que l'empire de la politique et des lois, il arrive qu'elle se trouve davantage en point de contact avec toutes les causes qui agissent sur le sentiment et l'intelligence. Pour ne donner entr'autres, qu'une preuve de cette vérité, il n'est pas douteux que la littérature ne se soit, après les temps révolutionnaires, davantage ressentie du retour vers les principes religieux que la politique. Aussi, la littérature profitera-t-elle davantage de ce qu'il y avait de noble et d'exalté dans ce mouvement des esprits vers des idées graves et solennelles.

On se tromperait fort, à mon avis, si l'on voulait chercher à expliquer dans un développement parallèle la marche de la littérature et de la politique, aux époques que nous avons indiquées. Ce mouvement de deux élémens distincts de l'ordre social ne peut être qu'analogue; il ne saurait être ni semblable, ni parallèle. Mais une raison qui prouve encore d'une manière plus tranchante que cette alliance de la littérature et de la politique, dans les causes de leur décadence ou de leur perfectionnement, ne pouvait être qu'imparfaite; c'est qu'à l'époque où la révolution éclata, ni l'une ni l'autre ne se trouvaient arrivées au même point. La même tempête les surprit l'une et l'autre dans une mer orageuse. En continuant la comparaison, on pourrait dire que la littérature était comme un ancien navire, dirigé par de vieux matelots, chancelans dans l'ivresse; la politique, au contraire, ressemblait à un frêle esquif, accoutumé à flotter près du rivage, et que d'imprudens rameurs avaient exposé, sans voiles et sans mâts, aux tempêtes de la pleine mer.

La littérature ne continue d'être l'expression de la société qu'autant de temps qu'il reste dans cette société des sentimens nobles et élevés. Lorsque la société a dépassé un certain degré de corruption, la littérature se retire comme un ouvrier inoccupé. C'est ainsi que dans les jours de la férocité révolutionnaire, toutes les muses furent muettes, tous les talens s'exilèrent.

Ce ne fut qu'après l'orage, et lorsqu'on commença à jouir de quelque repos, qu'une foule de talens se montrèrent empreints du caractère particulier qui devait signaler la nouvelle ère littéraire. Les temps qui suivirent, témoins d'un autre despotisme, enchantés par des bruits de gloire, modifièrent peu cette première direction des lettres. Ce nouvel essor avait eu pour cause les malheurs de la révolution et les erreurs philosophiques du dix-huitième siècle. Tout ce qui vint après, quel que fût le mouvement que suivissent les choses humaines, ne pouvait que modifier de si vastes effets, mais ne pouvait les anéantir.

Buonaparte qui bouleversa l'Europe par la conquête, mais qui ne la changea pas; Buonaparte, qui étourdissait les hommes

par le bruit de son nom et par le fracas de sa
fortune, fit servir à son profit les idées nouvelles. Mais avec son immense pouvoir, il
fut impuissant pour leur imposer un frein
et pour changer leur cours.

Cependant, il faut le dire, Buonaparte et
sa fortune, en s'arrêtant un instant au milieu du chaos et de l'anarchie, fortifièrent
ainsi le génie des idées nouvelles. Car si,
aussitôt après les désordres de la révolution, un pouvoir légitime se fût montré et
eût imposé à toutes choses la fixité, en leur
donnant un frein; si une partie des institutions et des mœurs anciennes eût été
jetée sur l'avenir pour régler sa marche,
il se peut que, dans ce cas, l'essor de la littérature et de l'esprit national eût été amorti
sur le passé : l'esprit, les mœurs et la
monarchie n'auraient fait que se continuer,
et la révolution morale eût été moins complète. Les institutions et les pouvoirs de cette
époque portaient en eux le caractère ambitieux de l'esprit de conquête; le sceptre
voulait être aussi puissant que l'épée. Ce
penchant au gigantesque dans les élémens

du pouvoir, concordait très-bien avec ce qu'il y avait de surabondant et d'expansif dans l'activité de l'esprit national. Ainsi, les mœurs, les institutions, le gouvernement, les arts et la littérature se donnaient la main pour marcher ensemble vers le vague et l'extraordinaire. Toutes les circonstances se réunissaient donc pour fortifier la direction nouvelle que suivaient les lettres, pour franchir les bornes que le *classique* avait tâché d'imposer aux arts, et pour dépasser les limites que le philosophisme dogmatique avait voulu imposer aux croyances.

Bientôt vint une circonstance importante, qui donna à la littérature et aux arts une sorte d'énergie sauvage, et le ton âpre de l'indépendance et de la fierté : en sorte qu'à ce nouveau signe qui les distinguait, on eût dit que ces arts et cette littérature étaient destinés à couronner le berceau d'un peuple naissant, plutôt qu'à jeter quelques fleurs sur les nations usées et vieillies de l'antique Europe. Un despotisme astucieux espérait se cacher derrière la gloire : le génie de la liberté qui, en France surtout, veille

toujours loin de la flatterie des cours et de la
légèreté populaire, vit bientôt des chaînes
mêlées parmi les lauriers ; et il entendit les
chants de la servile adulation se mariant aux
acclamations des triomphes. Dès ce moment,
la gloire cessa d'avoir des enchantemens, les
conquêtes perdirent une partie de leur
charme ; on demanda au fils de la fortune
les comptes qu'il aurait à rendre à l'histoire ;
dès ce moment, la victoire ne fut plus que
l'envahissement, le pouvoir ne fut que le
despotisme. Mais les uns étaient encore sé-
duits par la magie d'un sceptre qui s'envi-
ronnait de tant d'éclat ; on avait jeté aux
autres une partie des dépouilles des peuples
vaincus ; la plupart étaient retenus dans la
servitude par les chaînes d'or de l'opulence.
Toutes les pensées généreuses allaient bientôt
s'amortir sous un joug, d'autant plus difficile à briser, que tous ceux qui en suppor-
taient le fardeau avaient travaillé à en aug-
menter la force et le poids. Quelques voix
fières firent entendre, sur les sommets de la
littérature, l'accent de la plainte et de l'indignation ; ce cri fut répété dans toute l'Europe

par un écho formidable : et bientôt le despotisme, étonné de cette résistance inattendue, s'étourdissant lui-même, ne marcha
plus que de faute en faute, de chute en chute,
jusqu'au jour où l'on vit son ombre vaine
s'enfuir sur un frêle navire à travers les
flots de l'Océan.

Cette époque ayant ouvert à la France des
destinées inattendues et extraordinaires, favo-
risait, par ses influences, l'essor de la nouvelle
littérature. Mais cette littérature, contractant trop facilement les vices de la société,
tombait fréquemment dans le mauvais goût
et dans l'enflure. Les choses et les hommes se
trouvaient dans une situation bizarre : tous
les rôles étaient changés ; aucune habitude,
aucun usage n'avait eu le temps de se former. Et pour ajouter encore à l'effet que
le spectacle d'une fortune inouïe produi-
sait sur l'imagination des peuples, la victoire s'offrait chaque jour avec de nouveaux prodiges. La littérature à cette
époque fut comme la fortune, exagérée
plutôt que grande, extraordinaire plutôt
que sublime.

Lorsque toute cette fortune, ou plutôt lorsque tout ce bruit eut passé, il vint un temps qui prit au dépourvu et l'esprit national et la littérature. Quand la restauration apparut, on se rappela qu'on l'avait espéré; mais on ne l'espérait plus. La société s'imposa tout-à-coup un immense travail : il fallait déblayer en même temps, et la révolution et l'empire, et faire franchir par dessus ces deux époques, comme sur deux abîmes, cette partie du passé, qui devait entrer dans la constitution de l'avenir. Les racines de la révolution et de la monarchie se ravivèrent. On rencontrait de toutes parts, confusion dans les pensées, tumulte dans les opinions, incertitude dans les doctrines. Ce qu'il y avait de monarchique dans les sentimens et dans les mœurs se trouvait modifié par le temps et les circonstances; ce qu'il y avait de révolutionnaire dans les hommes et dans les systèmes, était comme usé par la fortune, et par un certain dédain des générations nouvelles.

La littérature avait peine à se reconnaître elle-même dans le chaos de tant d'opinions diverses. Toutefois il s'opéra bientôt dans son empire, deux grandes divisions parallèles aux deux principales divisions des opinions politiques. En littérature comme en politique, la révolution appelait la révolution, la monarchie appelait la monarchie. En contemplant cette dissection de ses élémens constitutifs, opérée par la force des circonstances, la littérature s'aperçut combien elle était nouvelle, et combien son empire était immense : car, si elle n'eût pas embrassé la société tout entière, si toute la société n'eût pas, en quelque sorte, été sa conquête ; si, comme à d'autres époques, elle n'eût effleuré qu'une partie du corps social, ou qu'elle en eût seulement occupé le sommet, elle eût pris une part moins intime à la révolution qui s'opérait dans les esprits ; elle eût exercé une moindre influence sur leurs nouvelles directions. Toutefois, la grande distinction du classique et du romantique ne s'était encore opérée que d'une manière confuse. Et, à l'époque que nous signalons, cette distinction s'évanouissait pour renaître plus tard ; car, les alliances lit-

téraires étaient surtout alors aussi des alliances d'opinions politiques; et les alliances
de principes étaient souvent des alliances
d'intérêts.

Lorsque les opinions politiques eurent
pris leurs places et formé leurs agrégations,
lorsque la voix de la littérature commença
à se faire entendre, la querelle des classiques et des romantiques à peine entamée
sous l'empire, devint plus sérieuse et plus
vive. Cette question se compliqua et s'em-
barrassa dans les questions politiques. La
distinction entre les classiques et les romantiques n'était encore ni assez importante ni
assez réciproquement hostile, pour empêcher l'union des écrivains, que des besoins
de partis, que des concordances d'opinions
appelaient sous les mêmes bannières. Il arriva, de cette sorte, que des amitiés de secte
politique rapprochaient certains hommes
que des différences d'opinions littéraires auraient dû diviser; et l'on voyait des classiques et des romantiques ainsi accolés, sans
oser s'attaquer, à cause des intérêts de partis. Cette anomalie amortit le schisme litté-

raire à son berceau. Plus tard, il devait
éclater avec violence.

On n'était point étonné que les littérateurs les plus anciens, que ceux dont les
premiers essais avaient brillé sous les influences de la littérature froide et méthodique des encyclopédistes, répugnassent
davantage à adopter les principes et les
hardiesses de la nouvelle littérature. Mais ce
qu'il y avait d'assez bizarre, c'était de rencontrer les sectateurs les plus zélés et les plus
nombreux de cette école sous les bannières
monarchiques : car on ne saurait douter que
la littérature romantique ne soit un résultat des bouleversemens révolutionnaires ;
et l'on peut dire avec autant de raison que
les doctrines des classiques se lient, et par
les souvenirs qu'elles rappellent et par
les traditions qu'elles consacrent, aux sentimens et aux mœurs monarchiques. C'était
donc une sorte de phénomène, de rencontrer sur ce terrain, qui est encore celui
de la politique, les fauteurs ardens des innovations littéraires, parmi les ennemis
des innovations politiques, et les partisans

de l'immobilité classique, parmi un assez
grand nombre de turbulens amis des révolutions !

|L'explication de ce phénomène indique
les causes principales qui ont favorisé les
invasions de la littérature romantique parmi nous. Si l'essor principal de cette littérature n'était surtout religieux, il est hors
de doute que les écrivains monarchiques
auraient, comme par instinct, désavoué ses
inspirations, et que, par une raison analogue,
d'autres écrivains se seraient empressés d'a-
dopter cette école et de hâter ses progrès. Il
y a une autre explication à donner; mais celle-
ci n'est qu'accessoire : les écrivains, qui sont
restés fidèles aux doctrines de l'Encyclopédie, ont très-bien senti que les inspirations
religieuses de la littérature romantique, ne
pouvaient être filles de la philosophie du
dix-huitième siècle, et qu'on ne pouvait re-
cueillir l'héritage de Voltaire et de Diderot,
et prétendre en même temps avoir des droits
au domaine du romantisme. Ce n'est pas
qu'il ne soit resté en dehors de ces catégo-
ries, quelques écrivains très-remarquables;

mais c'étaient des hommes, ou que des circonstances particulières, ou qu'une indépendance peu commune de caractère avaient jetés dans un honorable isolement, en les mettant à part de la société et des événemens.

Ainsi, la question du classique et du romantique, se mêlant sans cesse à des intérêts politiques ennemis, n'a jamais été bien exactement posée, et est devenue insoluble par cela même. Les excès du romantisme, poursuivis avec raison, de toute l'indignation des classiques, ont jeté dans cette querelle une nouvelle confusion, un nouveau tumulte. Il se pourrait que les défauts du nouveau genre portassent bientôt le nom du genre lui-même ; et qu'à l'aide de ce singulier néologisme, le romantisme s'introduisît de toutes parts, tandis que de toutes parts on proscrirait en apparence le romantisme. Ce qui provoque cette observation, c'est que j'ai été, ainsi que bien d'autres, souvent dupe pendant quelques instans, de ces écrivains de notre temps, qui composent contre le genre romantique de longs et beaux discours écrits en style *ultra* romantique.

Peut-être m'accusera-t-on de donner à la question du classique et du romantique une trop grande importance, et de m'éloigner ainsi du but de mes recherches, en m'entourant de difficultés imaginaires. Je persiste à penser que ceux-là se trompent, qui font de cette querelle une simple question littéraire. Dans l'état actuel de la société, il ne saurait y avoir de question de cette dernière espèce. Toutes les discussions s'agrandissent et deviennent en quelque sorte immenses, parce que tout étant mêlé, tout peut se rencontrer et se toucher : on dirait d'un horizon où rien n'est en repos, et que traversent sans cesse et dans tous les sens, les éclairs, la foudre et les météores.

Du reste, l'espèce de solennité, avec laquelle quelques écrivains supérieurs de notre époque ont envisagé cette question, est un signe non équivoque de son importance. Le respect dû au public littéraire exige que l'on traite sans dédain et sans frivolité un sujet qui intéresse de près les destinées publiques. Alors, si l'on ne peut faire excuser ce qu'il y a de trop faible dans le travail, de trop inutile dans les efforts, au moins on a droit d'obtenir grâce pour la pureté des intentions.

CHAPITRE VI.

De l'origine du romantique en France.

Lorsque madame de Staël introduisit parmi nous la distinction du classique et du romantique, elle créa, pour chacun de ces mots, une signification qui, depuis, a tout-à-fait changé : car, bien qu'il soit reconnu que les mots de classique et de romantique ne présentent point une seule et même idée à tous les esprits, cependant on est généralement d'accord qu'il ne faut point seulement rapporter la distinction du classique et du romantique aux deux grandes ères du monde, (comme l'a fait madame de Staël), à celle qui a précédé l'établissement du christianisme et à celle qui l'a suivi. En bornant l'emploi de ces deux mots à cette signification, ils n'indiqueraient plus, l'un et l'autre, qu'un ordre de temps. Quelques personnes ont appliqué à d'autres époques la signification que madame de Staël donnait aux mots classique et romantique ; en sorte, suivant ces discoureurs trop méthodiques, qu'il faudrait entendre seulement par *littérature classique*, toute littérature française antérieure au dix-neuvième siècle, et par *littérature romantique*, toutes les productions littéraires postérieures à la fin du dix-huitième siècle.

Tout le monde sent assez qu'en l'état où est parvenue la discussion, la question ne saurait plus être restreinte dans des termes aussi étroits. Il s'agit maintenant de la distinction des genres, et non point de la distinction des temps.

D'autres personnes prétendent qu'il faut entièrement rejeter de la question les termes de classique et de romantique, et se borner à chercher le beau, le simple et le vrai. En agissant ainsi, on se place au-dessus de la thèse pour se dispenser de la résoudre. La distinction des deux genres existe dans les esprits ; il ne s'agit plus de la détruire, il faut l'expliquer.

Sans doute, on s'égarera toujours en traitant les questions littéraires, si l'on ne cherche pas leur solution dans l'application des principes du beau, du vrai et du sublime. Mais ces principes ne sont point absolus, et l'on risquerait davantage de se tromper, en expliquant la règle, en ce qu'elle a de rigoureusement vrai, qu'en la faisant sagement fléchir sous le joug des circonstances et de la nécessité.

On convient assez généralement que le mot romantique est un adjectif qui nous est venu de la vieille langue *romance*. Ce qui est resté des souvenirs de cette langue, rappelle à l'imagination les chants plaintifs des troubadours. Le mot passa d'abord dans la peinture, où il servit à exprimer, comme pour rester fidèle à son origine, l'effet pittoresque des paysages. Il y avait d'autant plus de justesse et de charme dans la métamorphose de ce mot, qu'il semblait rappeler l'image de ces antiques castels et de leurs champêtres alentours, où les troubadours venaient soupirer leurs plaintes et leurs espérances.

Le mot *romantique* passa insensiblement du langage de la peinture dans celui de la poésie. Mais ce qui appela l'emploi de ce mot dans la littérature, n'appartient point à des circonstances purement fortuites. Une sorte d'instinct national légitima son usage, lorsque, par le résultat de la révolution littéraire qui s'opérait dans les esprits, il vint à exprimer d'une manière assez énergique le caractère d'un nouveau genre d'émotions. En effet, le mot *romantique* équivalait à peu près à pittoresque sentimental. Or, par un rapprochement qui prouve la justesse de l'emploi du mot destiné à indiquer le nouveau genre, on voit que c'est précisément dans le sentimental pittoresque que la nouvelle littérature a puisé la source de ses beautés et de ses défauts. La littérature classique s'était abstenue de décrire les scènes rudes et âpres de la nature sauvage; la littérature romantique, au contraire, recherche l'inattendu dans les sites, l'extraordinaire à la fois et le sublime dans les émotions. Et tandis que la littérature classique attire l'homme dans la vie civilisée, la littérature romantique, au contraire, le rappelle aux émotions primitives, et ris-

que, en dépassant ce but, de le ramener à
une sorte de vie sauvage.

Les modifications qu'avait subies la sensibilité nationale, par les bouleversemens politiques, indiquaient à la littérature française
l'exploitation du romantique, comme d'une
mine nouvelle que le temps avait ouverte.
Il ne fallait rien moins qu'une révolution
complète dans le gouvernement et dans les
mœurs, pour accoutumer la légèreté française aux mystiques contemplations des
poésies ossianiques, et pour imprimer à
la sensibilité du peuple le plus volage de
l'Europe quelques-unes de ces teintes sombres, qui caractérisent les nations septentrionales.

Ce qui est propre à la littérature romantique, c'est d'exagérer les effets de la nature originelle; ce qui est propre à la littérature classique, c'est d'exagérer les effets
de la nature civilisée. Les Grecs, en nous
léguant le type du beau idéal classique, offrent surtout à notre admiration, les tableaux des passions que l'ambition excite;
et qui, pour se disputer un trône, boule-

versent les empires. Tel est le fond de
cette littérature immortelle où brillent les
noms des Homère, des Pindare, des Euripide et des Sophoclé. Sous ce rapport, l'Iliade
et l'Odissée, l'Enéïde et le Télémaque appartiennent à la même école. Les anciens
ont aussi excellé dans la peinture des mœurs
pastorales : c'est que ces mœurs étaient
dans leur civilisation. Et sans doute, le
tableau si doux du règne pastoral, cette espèce de civilisation des champs, n'a pas peu
contribué à imprimer à leurs compositions,
ce caractère de simplicité et de candeur,
dont la littérature européenne semble avoir
perdu le secret.

La littérature moderne n'a pas su peindre
les mœurs pastorales, parce qu'elle ne pouvait les décrire que par imitation, et sur les
souvenirs que les anciens en avaient laissé
dans leurs poëmes. Avec une religion plus
sublime et plus pure, les nations modernes
ont montré plus de corruption que les peuples anciens. Le frottement des siècles semble avoir excité les passions, et avoir rendu
leurs effets plus désastreux et plus irrépa-

rables. Lorsque le flambeau du christianisme commença à éclairer les ténèbres du moyen âge, les peuples de l'Europe étaient dans un état de dégradation politique et morale. Il n'y avait rien de régulier dans la société. La corruption régnait dans les cités ; une stupide et vicieuse ignorance faisait des populations des champs, autant de hordes sauvages qui avaient perdu, par l'effet d'une civilisation grossière et désordonnée, l'énergie et la dignité de la nature primitive. Ainsi, la littérature ne pouvait trouver nulle part le type du beau pastoral.

D'ailleurs, la dissolution sociale qui est le produit inévitable du temps, lorsque pendant un certain nombre de siècles, de faux systèmes religieux et politiques ont dominé le monde, avait pénétré alors dans toutes les choses humaines. Ce n'était ni parmi les vastes débris de l'empire d'Orient, ni dans cette Italie jadis si puissante et si superbe, étonnée elle-même d'être redevenue à moitié sauvage, ce n'était pas non plus au sein des populations nombreuses, incultes et féroces du Nord, que l'humanité pouvait désormais rencontrer ni gloire ni bonheur. A ces époques désastreuses, le monde social était à refaire. Les clartés sublimes du christianisme vinrent éclairer tout-à-coup ce chaos; et devant elles s'évanouirent toutes les folies du paganisme. L'intelligence humaine se trouva assister ainsi à un nouvel ordre de choses, à une seconde création de l'univers moral · une révolution entière s'opéra dans la sensibilité, sous les influences du christianisme. L'homme se retira dans lui-même par la pensée : ses destinées devinrent plus terribles, mais plus grandes et plus solennelles. La nature offrit à l'intelligence étonnée de nouvelles merveilles : il semblait que plus de certitude dans la croyance, plus de vérité et de simplicité dans les dogmes, donnaient à l'existence intime, aux inspirations de l'âme, quelque chose de plus poétique, de plus doux et de plus mystérieux. A ces circonstances déjà si décisives pour modifier la sensibilité, se mêlaient encore les influences de la nature âpre, stérile et sauvage des contrées du Nord. Tout fut changé : et bientôt, outre la différence des temps, il ne fut plus possible de trouver aucun rapport entre les héros civilisés des temps anciens et le chrétien sauvage des temps modernes.

L'Europe resta plongée, pendant plusieurs siècles, dans la barbarie : cependant, il s'opérait obscurément alors une grande révolution dans les intelligences. C'est de ce temps que commence à dater la grande ère des nations modernes. La civilisation reparut : mais rien n'était ordonné dans la politique ni dans la littérature, ni dans les arts. L'anarchie sociale, l'accroissement de la population, la misère publique, l'absence de toute gloire nationale, toutes ces causes détachaient l'homme de la cité. Il n'y avait que des collections d'individus ; nulle part aucune agrégation politique. Le monde fut donc poussé dans cette espèce de barbarie, qui détache l'homme de l'homme, parce qu'il n'en attend aucun secours, et qui, en l'isolant dans la vie, le jette dans la contemplation rêveuse et dans l'enthousiasme solitaire.

Telles furent les causes principales qui

5.

présidèrent à la naissance de la plupart des littératures modernes. La littérature française, qui déjà commençait à s'isoler en remontant vers l'imitation des classiques de l'antiquité, offre toutefois, dans ses premiers essais, quelque chose de cette âpre énergie qui caractérise si bien toutes les autres littératures de l'Europe. Car il est très-remarquable que toutes les littératures des temps modernes, excepté la littérature française, s'empreignent, plus ou moins fortement, du type romantique. La littérature espagnole est celle qui en offre les traits les plus faibles, comme étant la plus méridionale. Mais, à mesure qu'on avance vers le nord, l'accent de la littérature devient plus mélancolique et plus vrai, plus énergique et plus sombre ; comme si la grandeur et la dignité humaines s'augmentaient à mesure que l'homme, par l'âpreté des climats et par une plus grande misère de la vie, semble destiné à plus de souffrances.

Les littératures des nations modernes devaient donc être romantiques dans le sens le plus général qu'on attache à ce mot, et

lorsque surtout on veut exprimer des qualités distinctives du genre classique. Ces
nations étant restées fidèles à leur caractère national, et ayant même, avec le temps,
rendu de plus en plus ce caractère indélé-
bile, leurs littératures ont subi des développemens analogues. Mais ce double caractère, national et littéraire, est originai-
rement le même; en sorte qu'il ne semble
varier entre ces différens peuples qu'en raison de la différence des climats et des circonstances politiques.

La littérature française, comme on sait,
a eu d'autres destinées. Et c'est sans doute
parce qu'elle échappa, dans le siècle de
Louis XIV, à la direction commune aux autres littératures de l'Europe, qu'elle devint
bientôt digne d'être imitée. Car elle arriva
si vite à la perfection parce qu'elle sut imiter elle-même la perfection antique : en tra-
vaillant, elle avait toujours devant les yeux
ce modèle, que les autres littératures européennes négligeaient de contempler.

La littérature du siècle de Louis XIV,
toute belle, toute magnifique qu'elle est,

n'était qu'une littérature d'emprunt sous plusieurs rapports : c'est pour cela que la mine
en fut bientôt épuisée. Si cette littérature,
quoique moins parfaite, eût-été plus nationale, pourquoi n'eût-elle pas prolongé son
règne dans les époques suivantes? Nous aurions eu alors, comme l'Angleterre, comme
l'Allemagne, une littérature qui eût accom-
pagné nos mœurs dans leurs modifications;
mais qui aurait, à travers ces changemens
successifs, conservé la vive empreinte de son
caractère primitif de nationalité. Lorsque le
champ de l'imitation de l'antique fut épuisé,
l'esprit français resta livré à lui-même; et
la sensibilité nationale, qui n'avait pas
trouvé son aliment dans la littérature, s'exalta
dans l'orgueil des systèmes. De là, naquit la
littérature du dix-huitième siècle, si impru-
dente dans sa verve, si spirituelle et si brillante jusque dans ses erreurs. Mais la littérature française, qui, par l'effet de circonstances tout-à-fait extraordinaires, avait
quitté le ton général de la littérature moderne, devait y rentrer tôt ou tard. La révolution, par une secousse violente, hâta

seulement son retour dans cette voie commune, mais ne la détermina peut-être pas entièrement. Cette voie commune n'est autre chose que le romantisme pur, autant, toutefois, qu'on voudra parler du romantique par opposition au classique.

La société française, en rentrant dans la littérature romantique, s'est replacée, sous ce rapport, dans le sein de ses propres élémens dont elle était sortie; car la France appartenant, dans le moyen âge, aux influences de la chevalerie et du christianisme, était tout aussi romantique que les autres nations du Nord. Seulement, les progrès de sa langue se trouvaient retardés, parce que le mélange d'un plus grand nombre de jargons et de dialectes barbares entretenait la confusion dans les élémens du langage. Peutêtre aussi, ce retard était-il en partie produit par le goût plus marqué que la nation française avait, dès l'origine des temps modernes, manifesté pour les études classiques du grec et du latin. Mais pour se convaincre mieux encore que la chaîne du romantique, loin de commencer aujourd'hui parmi nous ses premiers anneaux, ne fait que se continuer, après avoir été rompue pendant environ deux siècles, on n'a qu'à étudier les auteurs français qui ont écrit depuis et avant Abeilard, jusqu'à Malherbes et Corneille, et l'on retrouvera dans le tour de leur style, dans la forme de leurs pensées, dans le jeu de leur imagination, tout ce qui caractérise la littérature européenne du moyen âge, en traçant la ligne de démarcation qui la sépare de la littérature classique.

Il serait donc possible de démontrer que la littérature classique n'a été dans les annales de la littérature française, qu'une vaste et magnifique exception. On pourrait répéter ici ce que quelques apôtres, peut-être trop zélés du romantisme, avaient si justement remarqué, en faisant observer que les auteurs modèles du grand siècle offraient à la critique une foule de fautes contre le goût, qui appartenaient à leur temps, il est vrai, mais qui avaient pour cause les choquantes disparates qui existaient entre l'esprit de la littérature et les mœurs nationales.

CHAPITRE VII.

*Du goût littéraire , considéré dans ses rap-
ports avec le classique et le romantique.*

On peut appliquer à la littérature française du siècle de Louis XIV, ce vers char-
mant de Virgile :

Dum numerat palmas , credidit esse senem.

Cette littérature passa tout-à-coup, comme
par une croissance prodigieuse et désordonnée , de la taille d'un enfant à la stature
d'un géant. Mais elle devait ressembler
à un monarque destiné à régner sur des
sujets, qui, par l'effet d'un destin inévitable , s'accoutumeraient peu à peu à parler un
autre langage que celui de leur souverain.
La différence inattendue entre ce langage
nouveau et l'idiôme si pur du classique, in-
troduira par la suite dans l'empire des lettres
une funeste anarchie : les uns croiront qu'on

ne peut que s'égarer, en suivant d'autres voies que celles tracées par la littérature la plus pure et la plus harmonieuse de l'Europe, d'une littérature qui, en s'éloignant déjà dans le passé, augmente encore sa gloire de tout ce que peut y ajouter la magie des souvenirs ; d'autres, au contraire, cédant à l'entraînement des choses nouvelles, admirent encore, mais respectent moins peut-être, cette magnifique période littéraire. Ils accusent secrètement cette littérature d'avoir méconnu les influences du caractère national et de s'être élevée sur des trophées antiques, plutôt que de devoir à elle-même sa gloire tout entière. Cette discorde, qui n'est pas prête à finir, s'opposera à ce qu'il se forme un système général de littérature, dont les bases au moins soient reconnues par tous : de là, cette funeste incertitude qui enlève au génie sa conviction et son enthousiasme ; au talent, cette confiance qu'il a besoin de trouver en lui-même et dans l'avenir.

Et d'ailleurs, où placer ces bornes légitimes qui doivent circonscrire aujourd'hui l'essor

trop indépendant et trop vague de la pensée !
Chez les classiques de nos jours, je vois les règles sans le génie ; chez les romantiques, je
vois le génie sans les règles. Le caractère national, tout en s'abandonnant à l'essor d'une
sensibilité plus naturelle et plus vive, ne
peut indiquer aucun but positif à la pensée
des écrivains : car ce caractère lui-même
est attiré en sens divers par les souvenirs de
sa littérature et de son histoire : le génie national est comme incertain s'il vouera son
culte à la littérature classique, cette ombre
vivante d'Euripide et d'Homère, et s'il re-
noncera à l'héritage brillant que lui ont lé-
gué Voltaire et les encyclopédistes. L'Angleterre admire Pope et Sakespear ; l'Allemagne vante à la fois Gesner et Klopsklok ;
sans craindre, ni l'une ni l'autre, d'être in-
fidèles à aucune de leurs gloires. Il en est
autrement de la France : on dirait d'elle
comme d'une nation qui, pour accomplir
toutes ses destinées, doit parcourir et épuiser toutes les chances du sort, offrir à
la fois à l'admiration et à l'étonnement
des peuples tous les triomphes et toutes

les infortunes. Au milieu des ténèbres du moyen âge, la première elle jette un regard curieux vers la gloire de la Grèce et de Rome ; elle interroge avec fruit de si magnifiques souvenirs ; et sa langue, encore au berceau, essaie ses premiers bégaiemens dans les efforts qu'elle fait pour s'approprier les richesses littéraires de l'antiquité. Ses poètes, ses savans et ses moines recherchent dans le silence cette mine inépuisable de toutes les beautés littéraires, dont les derniers filons avaient été comme enfouis et perdus pendant la corruption des derniers siècles du Bas-Empire. Lorsqu'elle a invité toute l'Europe à profiter des clartés de cette lumière de l'antiquité, dont elle a rallumé le flambeau dans une profonde nuit, elle saisit avec transport la lyre de Pindare et d'Homère ; et aux sons harmonieux qu'elle fait entendre, les muses de l'Ionie et toutes les divinités de la riante mythologie semblent renaître avec leurs brillantes fictions. Tandis que la France se couvre d'une gloire inattendue, en continuant, pour ainsi dire, le siècle de Périclès et d'Aspasie, elle mécon-

naît, pour un temps, les sombres inspirations
de la poésie du Nord. Les souvenirs chevaleresques de son histoire se réflètent sur ses
mœurs qu'ils embellissent , et restent étran-
gers toutefois à sa littérature. Comme si elle
était destinée à faire revivre toutes les époques célèbres de l'antiquité, elle reproduit,
après le siècle de Sophocle et d'Euripide, le
siècle brillant des sophistes. Mais la religion
et les mœurs, succombant bientôt sous les
abus de l'esprit et sous les coups du philosophisme, on dirait que la France est, comme
l'empire romain, destinée à descendre dans
la barbarie en passant par le siècle des rhé-
teurs. Tout-à-coup l'aurore d'une nouvelle
destinée se lève pour elle. Après avoir, pendant quatorze siècles fait briller tour-à-tour
sur son histoire le double éclat de la valeur
et des lettres, elle recommence tout-à-coup
cette longue et illustre trame, et elle veut
la former avec une politique et une littérature nouvelles. De même que son génie avait
su découvrir de nouvelles fleurs dans le
champ moissonné de l'antiquité, ainsi elle
reprend , en sous œuvre et avec succès, la

mine déjà exploitée de la littérature moderne. Elle laisse aux nations du nord tout
ce qu'elles ont emprunté à son goût si pur,
aux modèles si classiques qu'elle leur a of-
ferts à d'autres époques ; et mêlant à la ru-
desse des productions septentrionales les
grâces d'une imagination plus flexible et plus
féconde, elle s'apprête peut-être à porter la
littérature romantique à ce même degré de
perfection auquel elle avait fait parvenir sa
littérature classique.

Telles sont les grandes circonstances qui
séparent la littérature actuelle en France de
tout ce qu'on peut appeler ses antécédens.
La littérature du dix-neuvième siècle s'avance, solitaire et isolée dans le temps ; heureuse
encore si la littérature classique du dix-
septième siècle jette sur elle un reflet de
gloire pour éclairer sa marche. Et sous ce
rapport, la littérature est bien l'expression
de la société politique : dans la littérature
comme dans la société, tout est nouveau,
tout est en lutte dans le présent, tout est
imprévu dans l'avenir ; dans l'une ainsi que
dans l'autre, on n'aperçoit encore qu'un

retour douteux vers les bons principes,
qu'une conviction commencée des règles
qui constituent le beau et le bien. Et il y a,
sous les rapports littéraires comme sous les
rapports politiques, entre la France et les
autres nations de l'Europe, cette différence,
que celles-ci se continuent, tandis que
celle-là se renouvelle et se recommence pour
ainsi dire elle-même.

Il existe pour les autres littératures de
l'Europe, une sorte de goût qui retient
dans des bornes légitimes quoique incer-
taines, tout le mouvement de la littérature
romantique. Ce genre de goût, qui n'a ni
la sévérité ni la pureté du goût classique,
n'existe pas encore pour les Français. Leur
nouvelle littérature est encore dans un état
provisoire et précaire.

Le goût, quel qu'il soit, ne peut, chez les
nations modernes, se former et se conserver
que sous des influences aristocratiques. Le
goût classique s'était épuré en France, au
temps de Louis XIV, dans l'aristocratie de
la société, qui semblait avoir été seule mise
en communication avec le génie littéraire du

grand siècle. Cette aristocratie est passée avec son éclat, sa pompe et ses grandeurs. La littérature est tombée dans la démocratie. On voit que dans l'état d'abandon où elle a été laissée par les hautes classes de la société, c'est un besoin pour elle de s'adresser à la multitude. Ensuite, étant revenue au naturel des sentimens, quoiqu'elle passe pour y arriver, par l'enflure du langage et par la mysticité de la pensée, elle cherche le suffrage de tous ; puisqu'elle s'occupe maintenant de peindre des sentimens communs à toute l'espèce humaine.

Ne trouvant pas à s'épurer dans l'aristocratie sociale, les autres littératures de l'Europe se sont formé une aristocratie du langage, conservatrice de cette espèce de goût romantique dont nous avons parlé. Leur langue poétique n'est point la langue vulgaire ; elle a ses licences, ses profondeurs et ses mystères. Elle produit sur l'intelligence et sur les sens cet effet prodigieux, qui est le propre de tout ce qui est grand, surtout lorsqu'il est extraordinaire, rare et inaccoutumé ; on dirait d'un instrument magique., dont l'harmonie céleste est réservée pour les grandes solennités. Trop heureuse, d'être charmée, la multitude se garde bien de poursuivre de sa critique téméraire et grossière, les chefs-d'œuvre de la langue.

Les Français passent encore, aux yeux de l'Europe, pour les modèles de la grâce et du goût en toutes choses. A ce titre, il semblerait qu'aucune barbarie, ni celle de la société, ni celle de la littérature, ne devrait être pour eux à craindre. Il pourrait, malheureusement peut-être en arriver autrement : car, ce qu'ils ont conservé de grâce n'est qu'un reste d'habitude ; ce qu'ils ont encore de goût n'est peut-être qu'un souvenir. Le ridicule, qui détermine la mesure des convenances, n'existe plus parmi eux, tant il y a de confusion parmi les élémens de la société. La grâce a été remplacée par le bon ton ; le goût par une fausse élégance. Il y a une gaîté naturelle qui nous est échappée avec l'atticisme du classique ; et nous affectons souvent comme par grimace la mélancolie romantique : de cette sorte, nous ne savons peut-être plus ni rire ni pleurer.

Les observations qui précèdent m'autorisent à penser que les Français, dans l'état actuel où se trouve leur littérature, ont perdu le goût classique et n'ont point encore formé parmi eux le goût romantique. Je prévois qu'il est bien des gens qui nieront ces propositions, en soutenant qu'il est contradictoire dans les termes de dire qu'il existe un goût romantique, le romantique équivalant dans leur esprit, à l'absence du goût littéraire. Observer ainsi, c'est, comme je crois l'avoir dit en commençant, se fermer les yeux afin de ne point voir la question toute entière ; c'est s'obstiner à s'égarer, en prenant les mots pour la chose : car les expressions de *romantique* et de *classique*, sont comme ces mots dont on se sert à certaines époques de pénurie de langage, seulement parce qu'on n'en a pas d'autres à employer.

Et comment soutenir que la littérature romantique n'est pas une vaste branche de la littérature universelle ; qu'elle n'a point son empire, ses lois, son goût et ses coutumes, lorsqu'on voit cette littérature maître et s'étendre avec le christianisme, et servir avec lui à former cette immense barrière, qui sépare les peuples modernes des peuples de l'antiquité ! N'est-elle donc que le vain produit du hasard cette littérature, qui fait entendre au sein de la barbarie le premier hymne de la civilisation, qui encourage et immortalise par ses chants les premiers travaux de la chevalerie, cette autre légion des immortels, chargée de veiller pour le salut de l'humanité, pendant la longue nuit du moyen âge ! n'a-t-elle pas une profonde origine, un vaste but, une grande pensée, la littérature qui a inspiré le Dante, Klopstok et Milton ; qui a substitué les tableaux des merveilles de la nature aux fictions de la mythologie ; et qui, comme une grande voix du christianisme, a proclamé que l'homme était plus grand dans la misère et l'infortune que sous la pourpre ! car ce qui caractérise surtout la littérature moderne mise en opposition avec la littérature classique, c'est une sorte de dédain pour les grandeurs humaines, et comme une prédilection à peindre les crises du sort, et ce dernier et sublime triomphe de la vertu, qui ne s'achève qu'au bord de la tombe.

Cette littérature romantique, considérée sous tous ses rapports et dans toute son étendue, aura peut-être de plus vastes effets que ceux qu'avait produits la littérature classique de la Grèce et de Rome : car la littérature romantique s'adresse toujours au cœur de l'homme ; la littérature classique parle davantage à son imagination : celle-ci voulait seulement embellir et orner la vie ; l'autre veut perfectionner l'homme : en un mot, la puissance de la littérature romantique me paraît autant supérieure à la puissance de la littérature classique, que les mystères de la religion chrétienne sont au-dessus des fictions du paganisme.

Le goût dans la littérature romantique doit être moins restreint, parce que cette littérature s'exerce et choisit ses sujets dans la nature entière, tandis que la littérature classique ne s'exerce jamais que sur une nature choisie. Cette différence dans la mesure de leur action s'explique par la différence du but que chacune se propose : la littérature classique veut surtout plaire ; la littérature romantique veut surtout émouvoir. Les règles du goût pour celle-ci sont donc placées dans les convenances de la nature ; les règles du goût pour celle-là reposent sur les convenances de la société. Plus la société qui juge la littérature est choisie, délicate, opulente et perfectionnée, plus les règles du goût qu'elle impose, seront étroites et sévères : telle fut la société qui a dicté les règles du goût classique sous le règne de Louis XIV. La littérature romantique, expression bizarre, mais fidèle d'une société multiforme, d'un assemblage de nations, diverses par les mœurs, par la politique et par la civilisation, n'a pu recevoir de règles positives de convenance ; n'a pu, pour ainsi dire, civiliser son goût. Elle n'a dû être tenue qu'à respecter la nature, et les lois éternelles de la morale et du beau dans les arts, sans égard pour cette délicatesse molle et efféminée, que certaines sociétés sur leur déclin, mettent à la place de la sensibilité profonde et vraie ; préférant n'être pas émues que de l'être contre les règles qu'elles ont établies, et sous l'uniformité desquelles succombe à la longue leur sensibilité flétrie.

Une femme célèbre, qu'on est toujours obligé de citer en ces matières, (car en fait de romantique Mad. de Staël a donné des définitions comme M. de Chateaubriant a donné l'exemple,) a dit : « *Il faut* en litté-» rature tout le goût qui est conciliable avec » le génie;» mais elle ne disait pas, *tout le goût qui est conciliable avec les convenances de la société*. Et, à mon avis, l'intervalle qui sépare ces deux manières de s'exprimer, indique assez bien la différence du goût dans le romantique et dans le classique.

Mais, comme nous l'avons déjà fait pressentir, ces règles du goût romantique sont d'autant plus faciles à franchir, que la ligne qui les circonscrit est moins prononcée et moins visible à l'œil du vulgaire. Ces règles, c'est la sensibilité naïve et vraie qui les fait reconnaître, de même que les règles du classique sont surtout appréciées par cette sensibilité que les convenances sociales ont modifiée. Un peuple est donc placé dans un péril imminent de décadence littéraire, lorsqu'il a perdu pour toujours peut-être le tact du goût classique ; et lorsqu'il ne trouve encore ni dans sa sensibilité ni dans ses nouvelles mœurs, le frein nécessaire pour retenir dans de justes bornes son essor vers les innovations littéraires.

CHAPITRE VIII.

Du beau idéal en littérature, considéré dans ses rapports avec le classique *et le* romantique.

Le sentiment du beau idéal est en quelque sorte inné chez l'espèce humaine. L'instinct de l'idéal est le dernier terme du beau dans les arts; c'est la conscience intime du type de l'éternelle beauté.

Les peuples qui n'ont point franchi les barrières de la barbarie, ont manifesté le sentiment du beau idéal dans l'appareil de leurs cérémonies religieuses, et dans l'expression de ces idées poétiques fondamentales, que l'on retrouve même chez les nations qui n'ont point encore de littérature. Chez les peuples civilisés, le sentiment du beau idéal se manifeste surtout dans cette partie *intellectualisée* des arts, qui est destinée à exprimer le dernier fini de la pensée.

Chez les nations heureuses par la douceur du climat, par les jouissances du luxe, et par la puissance politique, le sentiment du beau idéal est plus positif, plus correct, et j'oserais dire plus classique; chez celles, au contraire, qu'une nature âpre, qu'un sol aride, qu'un ciel nébuleux, qu'une civilisation grossière condamnent à plus de souffrances physiques, l'idéal s'élève davantage; c'est là qu'il est vague et profond comme l'abîme, sublime comme l'infini, triste et solennel comme la nuit des pôles. On aperçoit ainsi la cause de la différence entre le caractère de l'idéal chez les nations classiques et chez les nations romantiques. L'idéal est comme le supplément de notre nature morale : nous y avons souvent d'autant plus recours que les réalités nous manquent davantage. Il arrive aussi quelquefois que les nations vieillies et blasées sur toutes les jouissances, recherchent l'idéal dans les arts, comme un sentiment devenu nouveau pour avoir été trop long-temps méconnu. La religion exerce une grande influence sur le sentiment de l'idéal dans les arts. Ainsi, les religions mythologi-

ques étant d'invention humaine, tendant
sans cesse, par cela même, à exagérer la
puissance de l'homme et à rabaisser celle
de Dieu, laissaient moins d'intervalle entre
l'homme et la Divinité. Ce que l'homme
concevait par delà les bornes du monde
matériel, était donc moins incommensu-
rable, moins infini, en quelque sorte; et
l'idéal ainsi restreint, se prêtait moins et
aux élans de l'imagination et aux inspirations du génie. Il est de la nature de l'imagination de s'arrêter là où elle aperçoit un
terme, et de périr glacée dans le cercle
qu'elle a osé se tracer à elle-même : voilà,
ce me semble, la raison pour laquelle les nations païennes, ayant perfectionné davantage les arts, dans le beau positif, ont né-
gligé plus souvent de les embellir du charme
de l'idéal. Ainsi, les nations classiques de
l'antiquité ont donné aux formes par lesquelles les arts expriment le sentiment et
la pensée, une plus grande correction et
des règles plus certaines; tandis que l'histoire des arts, chez les peuples modernes romantiques, n'offrant que rarement

.des modèles, abonde en ébauches sublimes.

La littérature française, au siècle de Louis XIV, ayant cherché à imiter la perfection de la littérature antique, n'avait pu en saisir l'idéal : car l'idéal d'une littérature se lie surtout à la croyance des peuples ; et lorsque cette croyance est devenue pour d'autres nations un simple jeu de l'esprit et seulement un luxe de l'imagination, l'idéal qui s'attachait à cette foi religieuse s'évanouît par le contact de religions et de mœurs différentes. Par l'effet de ces circonstances, et lorsqu'on eut épuisé l'imitation de l'antique, il n'y eut plus en France aucun idéal dans la littérature. Alors parut cette littérature audacieuse sans imagination, bizarre sans rêverie, philosophique sans morale, qu'on est convenu de nommer la littérature du dix-huitième siècle. Après la catastrophe révolutionnaire, la littérature française, cherchant de toutes parts de nouvelles sources d'exaltation, fit une investigation inattendue dans le domaine des littératures septentrionales. Elle voulut aussi s'approprier l'idéal dont leur exalta-

tion s'alimente. Mais le génie français échoua
souvent dans cette tentative. De là sont ve-
nus tous les désordres auxquels s'est livré
parmi nous le romantisme ; désordres iné-
vitables chez une nation où l'extrême délicatesse du goût avait attiédi les émotions du
cœur, où la fécondité et la richesse de l'esprit avaient fini par empêcher de croire à la
préséance et aux merveilles de l'imagination ;
chez une nation enfin, dont la sensibilité vio-
lemment retrempée dans la religion du malheur, n'avait encore eu le temps, ni de reconnaître ses erreurs, ni de se convaincre
des mystères de sa nature.

Le caractère de l'idéal romantique est
triste et sévère, et singulièrement opposé à
la gaîté naturelle des mœurs françaises :
aussi peut-on affirmer, sans risquer d'être
démenti, qu'avant l'époque d'une révolution, qui a singulièrement modifié leur caractère national, les Français ne pouvaient
avoir aucun sentiment juste de la plupart
des littératures modernes. Leur propre littérature avait été jusques-là étrangère à
leur caractère, comme leur caractère était

resté étranger au caractère européen. Les Français étaient avant le dix-neuvième siècle, comme un grand peuple à part, qui, par le génie de l'imitation et par son propre génie, offrait dans l'ensemble de ses mœurs, la réunion de tout ce qu'il y avait de plus brillant dans le caractère des peuples les plus célèbres de l'antiquité et du moyen âge. Il n'appartenait pas davantage à ses mœurs primitives qu'aux mœurs européennes. Afin que le peuple français adoptât l'idéal romantique, tout était à refaire chez lui, et son caractère et sa littérature. Une révolution ne saurait suffire au travail d'une régénération aussi vaste et aussi profonde ; il faut y joindre l'œuvre plus lente mais plus efficace du temps.

Les Français ont donc commencé par imiter le romantique sans le sentir, comme ils avaient d'abord imité le classique sans en apprécier tout le charme. Et, probablement, ils deviendront bientôt dans le premier de ces genres, créateurs après avoir été copistes ; comme il leur arriva pour le genre classique.

Les systèmes mythologiques des peuples

de l'antiquité ne pouvant plus s'unir à aucun dogme religieux des nations modernes,
ni même prêter leur charme vieilli aux littératures nouvelles, il en résulte que le beau
idéal classique, qui reposait sur la brillante
théogonie des Grecs, ne saurait plus offrir
aucune inspiration au génie poétique européen.

Il faut tenir compte, dans cette question,
du période où se trouve arrivé aujourd'hui
l'esprit humain, chez les grandes nations
civilisées de l'Europe. La littérature ancienne et la littérature moderne se sont exer-
cées surtout dans les récits. La première qui
avait mis les princes et les chefs des peuples
aux prises avec les dieux et avec la destinée,
brilla par l'épopée ; la seconde, qui recher-
chait les traits sublimes de la vertu et du
courage parmi la confusion et la barbarie
du moyen âge, et qui choisissait souvent ses
héros jusque dans les classes vulgaires, se
distingua par les romans. On voit ainsi pourquoi les modernes ne peuvent plus atteindre
dans leurs compositions à la hauteur de l'é-
popée, ni retrouver le sentiment du beau

idéal épique. Si le succès d'une épopée est si difficile parmi nous, il faut chercher surtout la cause de cette difficulté dans la différence de sentir l'idéal, entre les peuples anciens et les peuples modernes. Il faut ajouter que l'épopée et le roman simplement en récits, ne pouvant plus être construits que sur des moyens trop connus, ne sauraient plus produire de grands effets; le lecteur en sachant presque toujours autant que le poëte. Car, ce qui produit l'effet, en littérature comme dans tout le reste, c'est principalement la surprise causée par tout ce qui est inattendu. Dans les lettres et dans les arts, il ne faut pas marcher constamment en allant du connu à l'inconnu; mais en allant quelquefois de l'inconnu à l'inconnu. Les récits qui développent le tableau des grandes actions guerrières, des invasions et des conquêtes, ne peuvent plus être que des redites magnifiques; et l'espèce humaine est, sous ce rapport, arrivée à ce point, d'être plus curieuse de connaître les causes secrètes qui font agir le cœur humain dans les actions communes, que les catastrophes qui font tomber les empires. Parmi toutes

les merveilles de la nature, la merveille la
plus étonnante, celle qui est restée la plus inconnue à l'homme, c'est l'homme. C'est
maintenant au fond du cœur humain qu'il
faut puiser le secret des grandes émotions
littéraires. La poésie même des faits ne peut
plus être que la poésie de l'âme. Ce n'est
qu'en recherchant ce qu'il y a d'énergique,
de noble et de sublime dans la destinée humaine, et dans les rapports qui rattachent
cette destinée au reste de la nature, que
la littérature et les arts retrouveront désormais l'idéal, leur dernier type de perfection.

Si la littérature française a fait depuis
quelque temps un retour vers les idées
religieuses, d'autant plus inattendu, que
les mœurs ne semblaient point encore fa-
voriser cette impulsion, il faut en attribuer
la cause à un instinct secret de sa propre
conservation, qui indiquait à cette littérature, comme un nouveau champ à mois-
sonner, l'investigation plus intime du cœur
humain. Et comme le sentiment religieux se
retrouvait toujours à cette profondeur, la

littérature n'a pu le méconnaître, et devait en tenir compte.

La littérature romantique sera plus aérienne et plus idéale que la littérature classique ; et, toutefois, elle abondera davantage en comparaisons et en images : c'est que la poésie a bien plus besoin de traduire la pensée en images, lorsque la pensée est si vaporeuse et si déliée, qu'elle risquerait sans ce secours de n'être ni exprimée ni comprise. Car le langage poétique, en empruntant les secours des comparaisons d'objets matériels et physiques, prouve, par cela même, l'excellence de la pensée humaine sur le mécanisme des langues.

Le *romantique* s'exerçant davantage dans l'*idéal*, a plus fréquemment recours à l'emploi des images, par le motif que nous venons d'expliquer : mais comme ici, l'usage est toujours voisin de l'abus, le *romantique* sera plus exposé que le *classique* à tomber dans l'exagération et dans l'emphase. On ne doit pas lui imposer le joug d'une grande régularité ; mais il ne peut s'absoudre du défaut de vraisemblance.

Le *romantique* ne peut se passer de verve ; le *classique* ne saurait se passer de goût. Les langues des peuples du Nord sont plus romantiques que la langue française, parce qu'étant plus riches de mots, ceux-ci n'y sont pas forcés d'emprunter les uns sur les autres, pour exprimer cette foule de détails tirés des accidens de la vie humaine, et dont la peinture caractérise surtout la poésie romantique. Ces langues sont donc plus pittoresques. Ce qui distingue la langue française, c'est la noblesse et la pureté. Mais on s'aperçoit que l'époque littéraire qui a porté cette langue à sa perfection, s'occupait beaucoup plus de la société que de la nature. Peut-être sous ce rapport encore, la langue française se prête-t-elle plus difficilement au jeu de l'imagination romantique : destinée à exprimer la simplicité naturelle et facile de l'homme civilisé, elle perd ce caractère de naïveté qui lui est propre, et dont elle tire son plus grand charme, dès qu'on l'oblige à exprimer des détails un peu bizarres, et puisés sans beaucoup de choix dans toutes les parties du vaste domaine de la nature.

Dans cet état de choses, elle croit se sauver des dangers qui la menacent, en mettant l'élégance à la place de la noblesse; mais dans ce cas, elle agit comme la société actuelle, qui remplace la grâce par un luxe vain, et qui marche peut-être à la dégradation par les lumières.

Dans l'état d'épuisement où se trouve, au temps actuel, l'imagination humaine, elle recherche avidement l'idéal, quoique rien ne soit plus difficile pour elle que de rencontrer cet idéal. L'urgence de cette recherche et le besoin de donner un but à ses investigations, forcent, en quelque sorte, l'esprit humain à revenir sur lui-même, et à ressaisir dans les croyances celles qui n'étaient qu'à moitié délaissées, en rassemblant, comme de précieux débris, tout ce qui n'avait pas été entièrement profané et dispersé par le doute. Ce qui est d'autant plus étonnant, qu'il est de la nature de l'esprit humain de ne jamais rétrograder dans tout ce qui tient à la fois et aux croyances et aux illusions.

L'état actuel des lumières en France, dans tout ce qui se rapporte au développement de l'industrie , pouvant être considéré comme une suite de l'impulsion imprimée par le dix-huitième siècle , se trouve ainsi en opposition , soit avec certaines doctrines du genre classique , soit avec les tendances religieuses , et j'oserais presque dire , mystiques du romantisme. Les mœurs sont devenues financières, d'aristocratiques qu'elles étaient : car c'était l'aristocratie qui , autrefois , donnait le ton à la société. On se montre aussi avide de briller par les dehors qui annoncent l'opulence , qu'on l'était jadis de se distinguer par tout ce qui révèle la science et jusqu'à la fadeur d'une politesse exquise. On ne remarque dans l'un et l'autre de ces travers de l'amour-propre et de la vanité, rien qui favorise l'élan littéraire. Il y a cependant cette différence , que dans l'aristocratie du bon ton , il se trouve ce qui peut encore , durant quelque temps , conserver le bon goût ; tandis que l'aristocratie de l'argent , en fondant les inégalités morales sur l'inégalité physique de la fortune , dessèche et tue le bon goût littéraire , en même temps qu'il jette tout ce qui se rattache aux ma-

nières et aux convenances, dans le vulgaire
et le trivial.

Tant de circonstances contradictoires qui
se réunissent sur un même sujet, forment
une vaste anarchie intellectuelle, dont l'empire s'étend et sur la littérature et sur la
société. Peut-être est-il difficile de prévoir
ce que doivent devenir les lettres chez un
peuple qui est arrivé à une semblable crise,
en passant par toutes les chances diverses
de la fortune. Le besoin religieux qui tra-
vaille profondément la société, contribuera
à former une littérature nouvelle, tout en
jetant sur l'avenir quelques-unes des influences du passé. Il est peu raisonnable de
conjecturer et de craindre qu'un grossier
matérialisme, entraînant la société vers son
déclin, fasse évanouir ce qu'il y a de religieux et d'exalté dans le nouvel essor littéraire

CHAPITRE IX.

Si le romantique tend au matérialisme.

QUELQUES personnes s'épouvantent de l'apparition du *romantisme*, dans l'intérêt des opinions religieuses. Il leur semble que ni la monarchie ni la religion ne peuvent plus subsister en France, si l'on n'y obéit pas rigoureusement aux lois du classique. Juger ainsi le romantisme et ses effets, c'est non-seulement, comme il me semble, ne pas comprendre la question ; c'est aller plus loin encore dans l'erreur, en prenant les idées et les choses au rebours de leur véritable aspect. La marche et les effets du *romantisme*, parmi nous, ne doivent plus être calculés comme un problème, que l'avenir est chargé de résoudre ; l'expérience peut déjà les expliquer. Ne remarque-t-on pas généralement en France, que l'école des écrivains *romantiques* s'est formée et se grossit chaque jour sous la bannière même des sentimens et des idées monarchiques ! Le premier des *romantiqués* français, et le plus célèbre de tous, n'est-il pas en même temps à la tête des écrivains monarchiques! Qui ne voit d'ailleurs que le genre classique, tel qu'on le conçoit aujourd'hui, n'a pu arriver jusqu'à nous qu'en passant par les idées et les systèmes du dix-huitième siècle, et en contractant, plus ou moins, quelque chose de cette morgue irréligieuse, par laquelle Voltaire l'avait comme profané ! Aussi le *classique* est-il surtout aujourd'hui, opiniâtrément, quoique faiblement défendu par quelques vieux champions de l'Encyclopédie, soldats fidèles d'une puissance que personne n'attaque plus, depuis qu'elle s'est écroulée d'elle-même. Aussi faut-il avouer que parmi le petit nombre d'écrivains *classiques* qui nous restent, ceux que l'on pourrait citer comme les plus purs, rappellent bien davantage la manière des littérateurs du dix-huitième siècle, que ce goût simple et noble de l'antiquité, qui distingue les productions littéraires du siècle de Louis XIV.

Ce qui est propre surtout à la littérature *romantique*, c'est de s'idéaliser et de se perdre

souvent dans le vague des sentimens religieux. Elle spiritualise davantage les passions humaines que la littérature *classique*,
qui, d'ailleurs transportée dans les mœurs
modernes et parmi les croyances d'une religion ennemie, a perdu ainsi tout le charme,
je dirais même, tout le coloris de son idéal.
Comment donc admettre que cette littérature, toute empreinte des religions maté-
rialisées du paganisme, ne favorise pas davantage les invasions du matérialisme, que
l'exaltation mystique du romantisme!

On fait une objection qui a quelqu'apparence de gravité : on dit que les romantiques
s'occupent beaucoup de la nature matérielle,
à laquelle ils empruntent sans cesse des comparaisons et des images, et qu'ils aiment
à décrire dans ses moindres détails. Ceux
qui font cette objection omettent de tenir
compte de quelques observations très-im-
portantes sur la théorie du langage. Il est
reconnu que chez les peuples comme chez
les individus, l'abondance des figures et des
images dans le discours est toujours en raison
directe de l'exaltation de la pensée : car, en gé-

néral, la pensée n'a besoin d'être traduite en tropes que lorsqu'elle est trop intellectualisée et trop subtile pour être comprise par le vulgaire; et pour emprunter l'expression du philosophe de Kœnisberg, je dirais que la figure ou l'image est la transformation matérielle du *Skéma* poétique (1). La littérature *romantique* est donc nécessairement exclusive de toute idée de matérialisme : d'abord, parce que, pour les peuples modernes, elle s'est propagée avec le christianisme, et parce qu'elle recherche ce type du *beau idéal* tel que cette divine religion l'inspire; ensuite, parce qu'elle tend essentiellement vers le spiritualisme, soit par les formes plus poétiques et plus variées de son langage, soit par les impressions mélancoliques et graves dont elle remplit l'imagination.

On peut adresser au *romantique* des reproches plus fondés : il s'est introduit parmi nous, en même temps que l'anarchie morale ; il est né en France au milieu du sang, du deuil et des larmes, et parmi les plaintes

---

(1) C'est la théorie de Kant.

lamentables des victimes ; sa naissance rappelle à nos esprits une époque où la civilisation a fait des pas rétrogrades : on semble ainsi l'accuser d'avoir profité du désordre qui régnait dans les intelligences pour établir son empire, dont la nature est d'être sans bornes, sans règles et sans limites. On peut répondre que le *romantique* littéraire a été l'effet imprévu de la révolution. Il en a été si peu le complice, que sous le rapport surtout des influences religieuses, il a travaillé à détruire l'œuvre révolutionnaire ; il s'est placé, pour le combler, dans l'abîme moral qui avait été creusé, parce que rien ne se présentait pour remplir ce vide. Ni la religion, ni la philosophie, ni la littérature classique ne pouvaient encore reparaître et triompher au sein d'un semblable chaos. Il en était de ces choses, en France, comme de la légitimité, qui devait y rentrer à la suite de l'usurpation. Le *romantisme* apparut d'abord parmi nous comme une grande usurpation littéraire, qui ne pouvait se légitimer par la suite qu'en subissant une partie du joug du *classique*.

CHAPITRE X.

Du romantique et du classique, considérés sous le rapport grammatical et littéraire.

Il est assez étonnant qu'on se dispute depuis long-temps sur le *romantique* et le *classique*, sans que de ces discussions soit sortie seulement une définition satisfaisante.

Il n'y a qu'une chose à répondre à ceux qui veulent une définition précise du *romantique*, c'est de leur demander la définition du *classique*.

Pour peu qu'on réfléchisse sur ce sujet, on ne tarde pas de se convaincre, qu'une définition spéciale du *classique* ou du *romantique* est tout-à-fait impossible.

Afin de pouvoir définir le *romantique* ou le *classique*, il faudrait que le *romantique* et le *classique* fussent des genres absolus. Ce qui ne saurait être ; car on ne pourra jamais dire de tel morceau de littérature, qu'il appartient absolument au classique ou bien au romantique.

Dans tout ouvrage littéraire on rencontre des parties que l'on pourrait affirmer appartenir à l'école *classique*, d'autres, à l'école *romantique*.

En définitive, le *romantique* et le *classique* n'expriment que des nuances littéraires, que des différences fugitives, et ne se composent pas d'élémens assez distincts pour devenir l'objet d'une définition.

De même que les mœurs ne passent d'un état à un autre que par une foule de dégradations insensibles, ainsi la littérature ne passe du *classique* au *romantique* et du *romantique* au *classique* que par des nuances infinies.

On ne parviendrait pas mieux à la distinction des deux genres, en considérant la différence des règles générales qui régissent l'un et l'autre : car ici il n'est pas question de règles différentes ; il s'agit seulement de l'application plus ou moins exacte des mêmes règles. Or, comme la plus ou moins rigoureuse observation de ces règles n'est pas ce qui constitue une composition littéraire ; c'est donc dans les élémens de cette composition, dans les principes de sa création, qu'il faudrait chercher les causes qui séparent le *classique* du *romantique*.

A prendre la question dans la situation réelle de la littérature actuelle, on peut affirmer que tous les écrivains du dix-neuvième siècle sont plus ou moins romantiques : mais aucun d'eux ne saurait être qualifié de classique. Car, ce qu'il y avait de plus pur dans la littérature du dix-huitième siècle, n'était qu'une faible imitation de la littérature classique du dix-septième siècle. La littérature du dix-huitième siècle était en quelque sorte une littérature intermédiaire entre le *classique* et le *romantique.* Le classique ne peut plus revivre, puisque nous ne saurions plus retrouver les inspirations mythologiques qui lui servaient d'appui.

Si, au moins, il apparaissait au dix-neuvième siècle un écrivain vraiment *classique*, dans toute la force du mot; cet écrivain servirait de terme de comparaison pour juger la différence qu'il y a entre les *classiques* et les *romantiques.*

Il me semble que dans une pareille discussion, on ne peut donner d'autre définition des genres qu'en assignant leurs causes ; mais qu'on ne peut pas définir les genres par leurs effets : ainsi, on peut dire que le romantisme, en général, puise ses inspirations dans les croyances du christianisme et dans quelques superstitions anciennes des peuples du nord ; tandis que le classique a puisé ses règles, ses formes et ses richesses dans la littérature antique.

Tout ce qui caractérise l'état actuel de la littérature *classique* ou *romantique* est l'effet inévitable du temps.

Le temps qui use tout, fait que tout en littérature doit être plus ou moins *romantique*, tandis que rien ne saurait plus être *classique*. On ne peut plus avoir que du *classique-romantique*; mais le classique pur est devenu impossible.

Outre les causes politiques et sociales qui avaient concouru sous Louis XIV à former et à épurer le goût, il faut ajouter que la littérature du grand siècle était tout entière d'imitation : c'est ce qui a rendu cette littérature *classique*. Comparez Racine qui a créé en imitant, à Corneille qui a créé sans imiter; et vous ne serez pas éloigné de penser qu'on pourrait appeler ce dernier, le poète romantique du dix-septième siècle.

Et c'est précisément parce que la littérature du dix-septième siècle a imité la littérature antique, qu'elle paraît aujourd'hui si loin de nous, et que nous l'appelons *classique:* car si cette littérature se fût seulement livrée à l'impulsion de l'esprit national, en suivant la direction que Montaigne, Corneille et Pascal lui ont imprimée, elle n'aurait été que la fille aînée de la littérature actuelle; ces deux littératures ne seraient pas entre elles comme deux étrangères.

Les circonstances au milieu desquelles a grandi la littérature du dix-septième siècle, ne sauraient plus se reproduire : et peut-être le génie français ne doit-il plus aspirer à la même perfection littéraire.

Molière n'a pas eu recours à l'imitation de l'antique : il a surpris la société dans ce moment décisif, où les ridicules des vieilles mœurs contrastent vivement avec l'élégance majestueuse d'une société choisie, qui arrive tout-à-coup au dernier point d'une civilisation aristocratique. Désormais, la langue et surtout les mœurs seront encore plus impitoyables pour les Molière que pour les Racine.

Avant de juger si, toutes circonstances égales, le dix-neuvième siècle pourrait être classique comme le dix-septième, il faudrait auparavant examiner si la langue, et surtout le génie de la langue, peuvent rester stationnaires.

Or, comment la langue et le génie de la langue resteront-ils stationnaires, lorsque lés mœurs, la politique et tout l'ordre social, à qui la langue sert d'expression, se portent en avant! Comment la langue *classique* pourrait-elle suffire, quoique plus parfaite, à un peuple pour lequel le charme qui se rattachait au système classique s'est entièrement évanoui! Il ne s'agit plus de savoir si on parlera un langage plus ou moins parfait, mais un langage plus ou moins approprié aux besoins de la société actuelle.

C'est une grande anomalie, sans doute, de voir une langue qui a touché la borne de

son perfectionnement grammatical et poétique, lorsque chez le même peuple, les sciences, les arts, l'industrie et la politique sont
susceptibles de faire encore tant de progrès.
Une foule de pensées nouvelles, résultant
de ces progrès mêmes, vont jaillir dans le
domaine de la littérature ; et la langue, placée sous l'enchantement de toutes ces innovations, pourra difficilement se garantir de
leur influence. Afin qu'elle restât pure, il
faudrait qu'elle ne reçût dans son dictionnaire
que les nouvelles expressions qui se trouve-
raient d'accord avec son génie : elle se dé-
fendrait ainsi des illusions de la nouveauté.
Vains efforts : il y a, dans les innovations
du langage, comme dans le changement
des mœurs, un entraînement qui coule
comme le siècle, et que le pouvoir des
hommes ne saurait arrêter. Lorsque le génie de Montesquieu, la brûlante sensibilité
de Rousseau, la verve épigrammatique de
Voltaire, et par-dessus tout, lorsque les infortunes inouïes d'une révolution ont reculé
les bornes du langage, abjurera-t-on tout-
à-coup les modifications que le monde mo-

ral a subies, pour rentrer dans le cercle régulier du classique.

Un peuple spirituel et industrieux, qui vient d'échapper au joug du matérialisme, et qui est parvenu à surmonter les séductions des sophistes, et à retrouver dans le malheur une partie de la dignité morale qu'il a perdue, est naturellement entraîné vers le spiritualisme; et sa langue, pour répondre à ce besoin nouveau des esprits, tend à l'idéalisme et en même temps à l'obscurité.

A cette époque de la société, tout ce qui n'est pas profondément corrompu, ou tout ce qui craint de le paraître, s'abandonne au romantisme, espèce de littérature qui spiritualise toutes les actions humaines, en les revêtant sans cesse d'images tirées de la nature physique.

Aujourd'hui, quand un poëte emploie une expression hardie et inusitée, les romantiques exagérés la tolèrent, l'admirent même; les classiques la proscrivent. Que font alors les romantiques? ils reviennent au combat un Racine ou un Boileau à la main; en faisant remarquer que Racine et Boileau ont

employé la même expression, la même image.
Les classiques gardent le silence : et le public s'étonne de voir que les romantiques
n'aient pas raison, quoique les classiques
aient eu tort. Ce n'était donc pas là le siége
de la question.

A ceux qui soutiennent que la question du
classique et du romantique soit seulement
une question grammaticale et littéraire, il
n'y a qu'une chose à répondre : J.-J. Rousseau et Bernardin de Saint-Pierre sont, parmi
nous, les créateurs ou plutôt les instigateurs
du genre romantique ; or, on le demande,
qui a porté plus loin que ces deux écrivains
la pureté classique et grammaticale de l'expression !

Les hommes qui écrivent d'inspiration ne
peuvent être rangés parmi les *classiques*,
par une raison bien simple ; c'est que le génie ne saurait s'enflammer en présence d'un
modèle épuisé, en quelque sorte, par plusieurs imitations successives : car le genre
classique n'est plus pour nous qu'une imitation au troisième degré. La littérature du siècle de Louis XIV imitait les chefs-d'œuvre de

l'antiquité : et l'on peut dire, avec juste raison, que les écrivains du grand siècle ont offert, dans leurs ouvrages, une copie excellente d'un parfait modèle. Le dix-huitième siècle a copié à son tour. Et le dix-neuvième siècle, s'il prétendait devenir classique, ne pourrait plus offrir qu'une troisième copie informe, ébauchée; où l'on ne reconnaîtrait presque plus aucun trait du type primitif.

Un grand avantage que la littérature *classique* conserve sur la littérature *romantique*, c'est le mérite de la clarté.

Dans l'état où se trouve aujourd'hui notre littérature, trois causes principales contribuent surtout à l'obscurité du style. La première, c'est qu'à force d'avoir dit et écrit, on a presque tout dit et tout écrit : or, comme le nouveau est le premier élément de succès en littérature, cet élément devient de plus en plus rare; l'écrivain qui a du talent, mais qui a moins que du génie, tombe presque toujours dans l'obscur, en cherchant le neuf et l'inusité.

En second lieu, la littérature, qui a commencé par être dramatique, et qui s'est

exercée surtout dans le récit des faits célèbres, ayant fini par épuiser toutes les formes
de la narration, s'applique maintenant à cap-
tiver le lecteur par un autre genre de mérite,
par l'investigation des causes morales des événemens : alors la littérature devient métaphysique et nébuleuse. D'ailleurs, les progrès
des sciences exactes, venant à jeter dans le
domaine de la littérature une foule d'expressions et d'images nouvelles, les lettres prennent ainsi une allure scientifique, vague et
prétentieuse.

En troisième lieu, il faut bien remarquer
que la littérature perdrait le caractère de
solennité qui l'a distingue, et qui est le signe
et le principe de son pouvoir sur les esprits,
si elle n'avait pas toujours soin de s'élever
au-dessus du langage vulgaire. Mais, qu'ar-
rive-t-il : c'est qu'après l'époque du perfectionnement grammatical de la langue,
on voit briller de toutes parts, par l'effet
même des influences littéraires, une cer-
taine élégance d'élocution, une facilité,
une grâce d'expressions, qui rendraient
le langage de la société rival de la langue
littéraire, si la littérature ne fuyait ce voi-

sinage en se tenant à une plus grande hauteur; et cette hauteur est quelquefois du
gigantesque : il arrive ainsi que, la société
pousse elle-même la littérature vers l'obscurité et le néologisme, par l'effet des progrès
de la civilisation.

En quatrième lieu, quoique le *romantique*
soit ordinairement plus près de la nature
que le classique, dans l'expression des passions humaines, (il prend les sujets de ses
chants dans toutes les parties de la nature, tandis que le *classique* ne s'exerce que
sur une nature choisie) : toutefois, comme
il s'est fortement empreint du caractère
mystérieux et mélancolique des religions du
nord et des sublimes abnégations du christianisme, le caractère de son idéal est nécessairement dans l'éternel et dans l'infini, tandis
que le beau idéal de la littérature classique
réside dans le perfectionnement des formes
humaines épurées; car les Dieux de la mythologie n'étaient que des hommes d'une
nature supérieure. Cette tendance du romantique le porte nécessairement vers le vague et
l'obscur. Dans la religion classique, tout était
positif en quelque sorte; dans la religion ro-

mantique, au contraire, tout est immense et solennel : l'une ne voyait que l'homme dans la nature ; l'autre n'y voit que Dieu.

C'est afin d'éviter le défaut d'obscurité, que le *classique* s'est toujours attaché, dans toutes ses compositions, à la loi de l'unité. La loi de l'unité, en littérature, est surtout une concession faite à la faiblesse de l'esprit humain. C'est sur l'observation de l'unité que la littérature classique fonda ses succès. A l'aide de l'unité, la beauté et la régularité de l'ensemble firent souvent pardonner la faiblesse des détails. Le lecteur est porté à applaudir ce qu'il comprend ; premier moyen de succès : il retient, il répète ce qu'il conçoit ; second moyen de succès pour la littérature. La poésie romantique tient moins de compte de l'unité : elle peint les objets tels qu'ils se présentent à l'intelligence humaine ; elle est doncpleine de contrastes heurtés, comme la nature. La muse romantique étonnera : mais on ne retiendra pas ses chants ; car ils seront souvent comme le chaos qu'on ne peut débrouiller, ou comme l'abîme dont on ne peut voir le fond.

CHAPITRE XI.

Examen de quelques opinions publiées dans ces derniers temps, sur le classique et le romantique.

La littérature exprime la société : et comme la société, la littérature actuelle est un être multiforme. La question du romantique participe de ce caractère; c'est une question à mille faces : ce qui explique assez pourquoi des écrivains pleins de mérite ont dit sur ce sujet un grand nombre de choses vraies, sans pour cela avoir dit les mêmes choses.

Schiller indique, en termes assez obscurs, le but véritable de l'art : « l'art véritable, » dit-il, n'a pas pour but une illusion pas- » sagère; il ne veut pas seulement *affran-* » *chir* l'homme pendant un rêve d'un ins- » tant, il veut l'*affranchir* réellement, et en » effet. Il doit éveiller, employer et former » en lui une force nouvelle; il doit placer » devant lui, comme un objet visible, ce

» monde de l'intelligence, qui pesait sur lui
» comme une matière brute, qui l'oppri-
» mait comme une force aveugle; il doit en
» faire la libre création de notre esprit, et
» soumettre la matière aux idées... »

Cette explication germanique peut satis-
faire quelques lecteurs par delà le Rhin;
mais il faut convenir qu'il est assez difficile de comprendre, ce que c'est que *le
monde de l'intelligence, qui pèse sur l'âme
comme une matière brute, et l'art qui ne
veut pas seulement affranchir l'homme
pendant un rêve d'un instant, mais qui
veut l'affranchir réellement et en effet.*
Cependant, après avoir lu et relu trois ou
quatre fois ce passage, on ne peut s'empêcher de reconnaître qu'il contient une vérité
profonde. Les Allemands se figurent qu'ils
sont assez clairs lorsqu'ils ne sont obscurs
qu'à moitié.

L'art veut *affranchir* l'homme; sans doute
de l'empire des sens. Et je conçois alors
que le *romantisme*, dont l'idéal est infini,
et mieux en rapport avec les croyances du
christianisme, doit opérer plus efficacement
cet affranchissement des sens que le *classi-*

que. Mais c'est prendre ici la question dans le terme le plus reculé de son abstraction métaphysique; et la résoudre ainsi, c'est la résoudre pour un très-petit nombre de lecteurs.

La meilleure définition que madame de Staël ait donnée du genre romantique, c'est son style. Cette femme, si justement célèbre, a emprunté aux Allemands leur métaphysique littéraire, qu'elle a su embellir de ce charme d'imagination qui est propre à la littérature anglaise.

Elle a comparé le *classique* à la peinture, et le *romantique* à la sculpture. Cette comparaison, qui ne peut rien servir pour expliquer les causes de la différence originelle des deux genres, est cependant vraie sous le rapport de la différence de l'effet qu'ils produisent. Le romantique, qui peint la nature, jusques dans ses horreurs, sans aucun ménagement pour notre sensibilité, s'offre toute en saillie comme la sculpture : le classique met tous ses sujets en tableaux, comme la peinture : et, comme celle-ci, il observe toujours ces proportions et ces règles qui produisent un doux accord entre les effets de l'art et l'âme du spectateur; en sorte que ce dernier n'est jamais ému que pour le plaisir, et jamais jusqu'à la souffrance.

La distinction que madame de Staël a établie, pour les temps, entre le *classique* et le *romantique*, en s'efforçant de faire prendre date au *romantique* à l'époque de l'établissement du christianisme, serait vraie si l'on pouvait rayer la littérature française depuis dix-septième siècle des annales de la littérature européenne.

Schlégel *soutient que la correction constitue le poète classique, et le génie, le poète romantique*. Cette proposition obtiendra l'assentiment général, si on l'applique dans son vrai sens; c'est-à-dire, qu'elle signifie seulement, que le poète classique veut surtout se montrer correct, tandis que le poète romantique veut surtout se montrer enthousiaste.

Un critique, du talent le plus marquable, a, dans ces derniers temps, publié une dissertation (1) sur le *classique* et le *romantique*, dans laquelle il cherche à établir plusieurs propositions.

____

(1) Voir le *Journal des Débats* du 14 juin 1824.

Il soutient d'abord *qu'on ne peut pas dis-tinguer le classique du romantique par l'é-poque ancienne ou moderne, des sujets trai-tés dans l'un ou dans l'autre système.*

Cette proposition est précisément l'oppo-sée de celle établie par madame de Staël. Nous persistons à croire que madame de Staël aurait eu raison, si elle avait pu éla-guer de la question la littérature française ; surtout celle du dix-septième siècle. Nous avons lieu d'espérer que l'auteur de l'arti-cle du *Journal des Débats* sera du même avis.

En second lieu, il veut établir *que la re-ligion est tout-à-fait désintéressée au succès de l'une ou de l'autre école.*

Si après la révolution morale opérée dans les esprits par la littérature du dix-huitième siècle, si après la révolution politique et sanglante, qui avait fait de la France, pour un moment, la terre classique du meurtre et de l'impiété, quelque poëte était venu nous consoler de tant de maux avec les fa-bles de la mythologie, avec le sourire des grâ-ces ou avec les gémissemens de l'écho, nous aurions brisé sa lyre, en le priant de suspendre encore, pendant quelques instans, les accens de sa muse *classique*.

La littérature du dix-huitième siècle avait tenté d'étouffer, sous le sarcasme, le génie de la religion chrétienne ; l'outrage ne pouvait être entièrement réparé que par l'alliance que la littérature contracterait avec cette religion sublime ; alliance qui a été opérée par la muse *romantique*.

Dirait-on qu'avec autant de génie que Racine, dans Athalie, que J.-B. Rousseau, dans ses Odes, on aurait pu relever parmi nous l'empire de la religion. Mais pense-t-on que si Racine et J.-B. Rousseau eussent traversé les orages révolutionnaires, que s'ils avaient vu la société se renouveler dans ses fondemens, qu'enfin s'ils eussent vécu à une époque où tout l'ordre moral se trouvait dans le chaos, ils auraient traduit en style pur et *classique*, le langage impétueux et romantique de l'Ecriture !

Ces observations m'autorisent à conclure que la religion n'est que trop intéressée dans la querelle du classique et du romantique. Si l'on veut mieux s'en convaincre, on peut demander quel appui ont prêté à la religion ces écrivains , qui se disent classiques , et qui ne sont que de faibles imitateurs des encyclopédistes ! Restés purs dans les mots , ils n'ont eu ni la verve épigrammatique de Voltaire , ni la sensibilité brûlante de Rousseau. Ils ont rendu quelques services à la langue , mais ils n'ont répondu à aucun besoin de l'époque. Je ne sais pourquoi les écrivains religieux de notre temps sont tous romantiques : il suffirait de les nommer.

La troisième proposition de l'article cité est, *que si toute littérature est l'expression de la société au milieu de laquelle elle prend faveur, il ne s'ensuit pas que toutes les sociétés et toutes les littératures soient égales.*

Il m'est impossible de concevoir comment on pourrait soutenir le contraire.

Dans la quatrième , on soutient *que c'est dans le style des différens écrivains qu'il faut chercher le véritable caractère du classique et du romantique.*

Il me semble que ce serait peut-être parler plus juste , de ne pas faire de cette proposition une vérité absolue , et de la traduire ainsi : *Que c'est presque toujours dans le style*, *etc.* : car les *classiques* et les *romantiques* diffèrent aussi très-souvent, sous le rapport du plan et de l'ensemble : les *romantiques* sont, en général, bien moins fidèles à la règle de l'unité que les *classiques*.

Dans la cinquième proposition, on dit *que la principale différence qui existe entre les deux genres consiste en ce que les classiques prennent leurs modèles, leurs formes et leurs couleurs dans la nature, dans le monde réel et sensible; tandis que les romantiques les cherchent dans le monde idéal et fantastique.*

Si cette distinction était vraie, si elle était fondamentale, il faudrait dire que la littérature classique ne reconnaîtrait point *l'idéal*. Rejetez, si vous voulez, l'autorité de Kant : mais Corneille, Racine et Fénélon, proclameront qu'aucune littérature, même la littérature classique, ne peut se passer de *l'idéal*.

Si la littérature romantique ne repose que sur le fantastique et *l'idéal*, je demanderai

si les tableaux de Shakespear et de Walter-
Scott n'offrent rien autre chose que l'idéal
et le fantastique. On voit que l'auteur des
propositions que je viens d'examiner a con-
fondu peut-être le fantastique avec l'*idéal*,
deux choses absolument distinctes en littérature.

Un écrivain, dont le nom est une grave
autorité en métaphysique, s'est expliqué,
il y a peu de temps, sur le *classique* et le
romantique (1). Il pose d'abord un principe,
que les classiques devraient toujours commencer par réfuter : c'est que *si la littérature est l'expression de la société, des
formes nouvelles de la société devront s'exprimer par un genre nouveau de littérature.
Bon ou mauvais, ce genre nouveau ne sera
pas l'effet de la volonté de l'homme ou de
son caprice, mais l'ouvrage du temps et le
résultat nécessaire des changemens survenus dans la société.* L'illustre auteur, après
avoir reconnu ce principe, se livre à un

______

(1) Voy. la *Quotidienne* du 22 avril 1824.

examen parallèle des vices et des défauts
qui infestent à la fois la société et la littérature. A mon avis, il ne tient pas assez
compte des inspirations religieuses qui se
manifestent dans la littérature nouvelle. Au
reste, j'avais besoin de son opinion pour
aider mon esprit à expliquer cette apparente
anomalie, produite par l'alliance d'une littérature religieuse et d'une société qui paraît
livrée au scepticisme et à l'indifférence. En
examinant ce phénomène, j'ai cru entrevoir
que, sous ce rapport, la littérature avait
reçu de la société, au sortir de la révolution, l'instinct d'un premier retour vers
les sentimens religieux : elle s'est ensuite
précipitée comme d'elle-même dans cette
carrière, dans laquelle elle s'efforce aujour-
d'hui d'entraîner la société.

M. V. Hugo, dans une dissertation qui
précède un nouveau recueil d'odes, a traité
la question du classique et du romantique
en poète : c'était le seul moyen de la traiter
en métaphysicien. Car c'est une des parti-
cularités de notre temps, que les moindres
questions littéraires ne sauraient être réso-

lues que par des principes généraux de morale et de philosophie : telle est leur destinée à une époque où tout étant mêlé, les
plus petites choses se trouvent souvent en
point de contact, ou du moins en relation
avec les plus grandes.

M. V. Hugo fait remarquer que les atta-
ques dirigées contre le *romantique* dévien-
nent sans force, sans but, et par conséquent
sans utilité pour la littérature, par cela seul
que les adversaires du *romantique* ne le définissent pas : car c'est combattre un fantôme.
J'ai fait voir par quels motifs il me semblait
que le *romantique* était indéfinissable ; et s'il
est indéfinissable, les *classiques* ont bien
raison de ne pas le définir.

Mais si le *romantique* est indéfinissable
pour les *classiques*, il ne l'est pas moins pour
les *romantiques*. Il pourrait donc arriver
que si l'on retenait la question dans ce cercle vicieux, on ne pût arriver à aucune solution satisfaisante.

C'est sous un rapport moral que M. V.
Hugo envisage la question. Cet examen consiste dans l'appréciation des différences de

temps, de mœurs, de politique et de religion : ces différences dans l'état de la société, ont dû amener des différences dans
l'état de la littérature.

L'auteur de la dissertation insiste, à juste
titre, sur le défaut de nationalité de la littérature française jusqu'à nos jours. Il ajoute
que la littérature éprouve aujourd'hui plus
que jamais le besoin de se mettre en rapport
avec les mœurs de la société : *Ce n'est donc
pas seulement*, dit-il, *un besoin de nouveauté qui tourmente les esprits, c'est un
besoin de vérité, et il est immense.*

M. Alexandre Guiraud a publié sur la littérature romantique, un article fort remarquable (1). Je doute, toutefois, que la distinction qu'il cherche à établir de deux
vérités littéraires, dont l'une serait *absolue*
et l'autre *relative*, soit de nature à convertir
au romantisme les classiques obstinés.

M. Guiraud appelle vérité *absolue*, celle
qui s'appliquerait à toutes les compositions,

____

(1) Voy. l'*Oriflamme* du 21 janvier 1824.

dans lesquelles *l'auteur ne figure que comme narrateur ou interprète, telles que l'épopée et le drame; l'autre, relative, qui se fait distinguer dans les productions où l'auteur entre en scène lui-même et nous révèle ses impressions et tous les mystères de sa propre nature*. Les exemples que M. Guiraud donne ensuite de sa distinction me paraissent peu propres à en démontrer la justesse : ainsi, il veut que la peinture du caractère d'Achille, des Horaces et de Joad appartienne à la *vérité absolue*, tandis que le tableau des amours de Henri IV et de Gabrielle, de celles de Cléopâtre et de César, *ne portant aucune date ni aucune physionomie*, appartiendraient à la vérité *relative*.

La distinction dont nous venons de parler, ne paraît juste sous aucun rapport : car s'il est vrai, selon son auteur, que dans la *vérité absolue*, l'écrivain ne figure que comme *interprète et comme narrateur*; je ne vois pas pourquoi le poète serait *interprète et narrateur* seulement, lorsqu'il peint le courroux d'Achille, plutôt que lorsqu'il raconte les amours de Henri IV et de Gabrielle ; et je n'aperçois pas le motif pour lequel, dans l'un aussi-bien que dans l'autre cas, l'écrivain ou le poète n'aurait pas besoin de se mettre *en scène lui-même et de nous révéler les mystères de sa propre nature.*

Au reste, ce qu'il y a de vrai dans cette distinction, c'est le besoin que son auteur éprouvait, de nous faire sentir le caractère qui distingue la littérature *classique* de la littérature *romantique.* Dans la première, l'écrivain est plus en dehors de lui-même ; il est presque toujours *narrateur* ou *interprète :* dans la littérature romantique, au contraire, l'écrivain nous livre, pour ainsi dire, toute sa pensée et toute son âme ; c'est en mettant sous nos yeux l'anatomie de son être, qu'il nous initie à la connaissance de l'homme : voilà pourquoi la littérature romantique a quelque chose de plus individuel et de plus intime ; c'est pour cela encore qu'elle est moins propre à l'imitation, et que toutes ses productions ont un caractère particulier d'originalité et de nouveauté.

Un homme qui a acquis, il y a peu de

temps, une juste célébrité en littérature ; que les *romantiques* invoquent comme l'un de leurs dieux tutélaires, et qui, toutefois, combat les romantiques, a voulu appliquer à la question littéraire qui nous occupe, les conséquences d'un système (1) dans lequel son talent doit se complaire, parce qu'il l'a fécondé. Mais je crois m'apercevoir, en méditant les lignes trop peu nombreuses que cet auteur a tracées sur le *classique* et le *romantique*, qu'il a pris la peine inutile de défendre ce qu'on n'attaque pas, et d'attaquer ce qui depuis long-temps a été mis hors de combat. Les exagérations du romantique ne trouvent plus de champions parmi nous ; et les grandes autorités *classiques*, celles que nous vénérons dans les auteurs du siècle de Louis XIV et dans les écrivains de l'antiquité, ne sauraient plus avoir de détracteurs.

Au reste, les concessions importantes que

____

(1) Voir l'*Etoile* du 22 février 1824 et les numéros suivans.

M. de la Menais fait aux *romantiques*, pourraient rendre leur défaite, en combattant contre un si redoutable adversaire, presqu'aussi honorable qu'un triomphe.

M. de la Menais fonde le principe de l'autorité en littérature sur l'observation des mêmes convenances et des mêmes règles chez tous les peuples de la terre ; mais il reconnaît que ces règles et ces convenances peuvent et doivent être modifiées dans leur application, selon la diversité des goûts et des habitudes des différentes nations. Ces exceptions, les romantiques les invoquent : la difficulté est de trouver la borne jusqu'où ces exceptions peuvent s'étendre.

M. de la Menais reconnaît que les fictions de la poésie grecque et latine ne sauraient plus suffire aux hommes, que le christianisme est venu éclairer de son flambeau ; et il invoque, à cet égard, le témoignage de M. de Bonald.

Sur ce point, M. de la Menais est parfaitement d'accord avec les romantiques : car c'est sur cette distinction que repose toute leur doctrine.

L'auteur de l'*Indifférence en matière de Religion* adopte donc tous les principes des *romantiques ;* et l'on voit d'abord qu'il embrasse l'ennemi qu'il paraît combattre. Mais en quoi M. de la Menais diffère-t-il des romantiques! peut-être n'en diffère-t-il pas : il se borne seulement à leur donner d'excellens conseils. Ses avis seraient peut-être encore plus salutaires, si, dans l'espoir d'en faire mieux sentir l'à-propos, il ne supposait pas à ceux qu'il gourmande, beaucoup plus de torts qu'ils n'en ont.

Afin de montrer qu'il n'y a rien d'exagéré dans cette dernière observation, je citerai le passage dans lequel cet écrivain exprime les craintes que lui fait concevoir l'essor, trop vagabond peut-être, de la nouvelle littérature :

« Il y a loin de toutes ces vérités, que les
» romantiques n'ont pas été les premiers à
» apercevoir, aux conséquences étranges
» qu'ils prétendent en tirer, et aux doctrines
» qu'ils veulent établir. Leur tort est de se
» figurer que le goût littéraire doit nécessai-
» rement changer avec l'objet de la littéra-

» ture ; qu'il faut des règles toutes nouvelles
» pour traiter des sujets nouveaux, et que
» la révolution morale qui a dépouillé de
» leurs séductions les mensonges avec les-
» quels se jouait l'imagination des peuples
» anciens, a détruit aussi tout le mérite des
» formes parfaites dont les écrivains supé-
» rieurs de l'antiquité surent revêtir ce fond
» d'idées imparfait et grossier. Ici se décou-
» vre un système d'innovation, qui fait des
» romantiques une école à part, dont les
» hérésies doivent faire trembler tous les
» bons esprits pour notre avenir littéraire. »

Il y a une remarque qui me paraît d'autant plus importante, qu'elle subsiste au
milieu de toutes les divergences d'opinions
sur le classique et le romantique ; c'est qu'à
l'époque où nous vivons, toutes les grandes
pensées prennent pour interprète l'expression romantique : pourquoi donc le talent ne
peut-il plus revêtir l'expression classique !
c'est ce qui nous paraît inexplicable, si l'on
n'a recours aux principes que nous avons tâché de développer.

Je pense donc que, par l'effet de certaines

nécessités politiques et morales, produites par le temps et les révolutions, la littérature romantique est imposée à la société actuelle. Si cette remarque est vraie, tous les écrivains à qui notre gloire est chère encore jusque dans son avenir, doivent chercher, non pas à nous ramener à l'impossible ou au classique (ce qui serait probablement la même chose), mais à purger le romantique de sa bouffissure et de son néologisme.

J'ai achevé de me convaincre de cette vérité, par la lecture d'un excellent article de M. Charles Nodier sur les romantiques et les classiques. Après avoir reconnu la nécessité d'une littérature nouvelle, cet écrivain ajoute : « Il est de l'honneur national » de faire tomber sous le poids de la répro- » bation publique, ces malheureux essais » d'une école extravagante, moyennant qu'on » s'entende sur les mots ; car ce n'est ni de » l'école classique, ni de l'école romantique, » que j'ai l'intention de parler : c'est d'une » école innommée......., que j'appellerai » cependant, si l'on veut, l'école *frénéti-* » *que.* »

M. Quatremère de Quincy a, dans son ouvrage intitulé : *Essai sur la nature, le but et les moyens de l'imitation dans les beaux-arts*, consacré quelques pages à la question du romantique. Cet illustre académicien s'élève avec force contre les invasions du nouveau genre. Mais ce qu'il y a d'assez bizarre, c'est que M. Quatremère, adversaire des romantiques, arrive, dans sa conclusion, à proscrire leur école par les mêmes motifs qui ont déterminé M. Charles Nodier à condamner leurs excès. Or, pourquoi M. Quatremère et M. Charles Nodier, qui professent une opinion opposée sur la même question, parviennent-ils, en définitive, à la même conséquence ! C'est probablement par la raison, que ce qu'il y a de condamnable dans l'école romantique, est précisément ce que deux hommes, d'un esprit aussi profondément éclairé, se sont accordés à proscrire.

Sans doute, comme l'observe très-judicieusement M. Quatremère, les défauts du romantique doivent leur naissance aux usurpations que le nouveau genre a voulu faire dans le domaine de la peinture ou dans le genre descriptif.

« Ainsi, ajoute M. Quatremère, ce n'est
» plus des objets même de la nature physi-
» que, que l'écrivain tire d'immédiates ins-
» pirations, mais bien des imitations et des
» procédés imitatifs de l'artiste. »

Il me semble que cette observation, appli-
quée au caractère général de notre littérature
actuelle, pourrait manquer de justesse. Il fut
une époque en France, c'était celle qui sui-
vit la grande renaissance des lettres, où le
génie littéraire de la nation, comme déses-
pérant de pouvoir écrire correctement en
français, s'escrimait à composer en latin, des
poèmes dans lesquels on décrivait, avec une
exactitude minutieuse, les procédés des arts
et certains effets de la nature : Vanière et plusieurs autres se distinguèrent dans ce genre.

Mais les torts des romantiques me paraissent être d'une autre espèce. Je ne pense
point, avec M. Quatremère, « que dans le
» prétendu genre, on dirait que la muse du
» poète aurait quitté sa lyre *idéale* pour les
» instrumens mécaniques de tous les arts du

» dessin. » Non, le poète du dix-neuvième siècle n'a point brisé sa lyre *idéale*; il n'est point le chantre de la matière. S'il emprunte sans cesse des images à la nature physique, c'est parce qu'il veut trop expliquer peut-être la nature morale. Ce qu'on lui reproche avec juste raison, c'est la métaphysique de la pensée s'alliant sans ordre et sans choix dans ses tableaux à la peinture des objets matériels : sans cesse on le voit décrire des sites pittoresques, des solitudes majestueuses, moins dans l'intention d'en offrir seulement le tableau à l'esprit du lecteur, et de l'étonner ainsi par le fini de l'imitation, qu'afin de produire sur l'âme les impressions tristes et rêveuses, que la vue réelle des objets aurait pu faire naître. C'est ainsi que sa muse tombe dans le vague, en voulant réunir des rapports trop éloignés et donner un corps à des idées trop subtiles, à des nuances de sentimens trop fugitives : c'est là surtout le vice de l'école germanique, dont nous avons adopté quelques défauts, en même temps que nous cherchions à nous approprier ses beautés.

Si je ne me suis point fait illusion à moi-même sur le genre d'émotions que la poésie romantique m'a fait éprouver, et s'il faut attacher quelque confiance à cette sorte d'opinion publique littéraire qui signale, d'une autre manière que M. Quatremère, les défauts de la nouvelle école, s'exprimera-t-on avec justesse, en disant avec l'auteur de l'*Essai sur la nature et les moyens de l'imitation :* « Ce que l'on reproche à ce goût » (romantique), c'est de s'attacher aux ima- » ges tirées des objets matériels, au lieu de » celles qu'il peut puiser dans les sentimens » moraux, de préférer les désignations, et, » si l'on peut dire, les signalemens des » corps aux impressions de l'âme, les rap- » ports bornés des êtres visibles aux rap- » prochemens sans bornes du règne des » idées? »

Ou je me trompe fort, ou sur ce point M. Quatremère laisserait trop d'avantages aux romantiques, parce qu'il ne les a peut-être pas attaqués dans leur vrai retranche-ment. Du reste, les romantiques ne peuvent trouver que beaucoup à profiter dans la lecture de l'ouvrage de M. Quatremère, et dans ses judicieuses observations sur les abus du genre descriptif.

Nous avons tâché d'expliquer, dans un autre chapitre, pourquoi le genre romantique n'était pas, plus que le genre classique, susceptible d'une définition exacte. M. Quatremère pense bien différemment : et certes, je me garderai bien de mettre mon opinion en présence de la sienne; je ne voudrais pas qu'on me soupçonnât d'être assez hardi pour oser tenter l'épreuve du parallèle. Mais je ne puis m'empêcher de remarquer que M. Quatremère dit formellement du romantique (avec lequel il a l'air de vouloir entreprendre une conversation), qu'il n'existe pas, parce que ses sectateurs ne le définissent pas d'une manière fort claire.

Persistant dans cet argument, M. Quatremère ajoute : « De tout on peut dire avec » Boileau :

» Ce que l'on conçoit bien s'énonce clairement. »

Mais Boileau n'a pas dit : Ce que l'on sent bien s'énonce toujours clairement.

M. Quatremère, usant de l'avantage que lui donne le silence du *goût romantique*, qui ne sait pas se définir, l'accablé de tout le poids d'un argument final.

Cet argument, le voici à peu près exprimé dans ses termes les plus simples. Je suppose que c'est M. Quatremère qui parle : J'ai prouvé que le romantique n'existe pas, parce qu'on ne peut le définir ; je vais maintenant prouver que le *classique* existe, parce que je puis en donner une définition rigoureuse ; la voici : « Qu'est-ce donc que le goût » appelé classique ? c'est tout simplement » celui qui règne depuis deux à trois mille » ans, celui qui a servi de modèle à tous les » peuples de l'école moderne. »

J'en demande pardon à M. Quatremère ; mais je ne trouve pas que sa définition soit très-simple, quoiqu'il aie soin de la commencer par le mot *simplement*. Car si, par exemple, on me demandait, qu'est-ce que le gouvernement monarchique? et que je vinsse à répondre : Le gouvernement monarchique est tout *simplement* celui qui règne en Chine depuis trois mille ans : mon interlocuteur pourrait bien n'être pas très-satisfait de ma réponse.

Je crois donc que la définition de M. Quatremère peut me permettre de reproduire cette conséquence, savoir, que le genre classique ainsi que le genre romantique est indéfinissable; et qu'on ne pourrait tirer de cette circonstance, ni envers l'un ni envers l'autre, aucun argument contre la réalité de leur existence.

J'espère avoir établi précédemment, qu'il n'y a point proprement de goût romantique; et que si le goût classique peut être considéré comme étant l'expression fidèle du beau et du vrai dans la littérature, le goût romantique ne serait autre chose que le goût classique lui-même modifié, non pas dans ses principes, mais dans l'application de ses élémens à d'autres temps, à d'autres mœurs.

Il faut donc soigneusement se donner garde de confondre le romantique avec ses excès. Si l'empire du romantisme est inévitable, tâchons du moins d'éviter et de corriger les défauts et les incorrections de cette nouvelle école, qui ne parviendra à légitimer ses usurpations qu'en les soumettant au compas sévère du classique.

J'aurais pu rappeler encore ici quelques autres opinions sur le romantique et le classique ; mais je les ai passées sous silence, parce que je n'y ai trouvé ni à attaquer ni à combattre. Je ne puis, cependant, m'empêcher de signaler ici aux lecteurs les articles de M. Tissot, insérés au *Mercure du dix-neuvième siècle*, dans lesquels tout ce qu'on dit est juste, si toutefois on ne dit pas tout. Je ne dois pas omettre une dissertation de M. R. W. sur le *classique* et le *romantique*, qui se trouve mêlée au cours de littérature de Marmontel. Cet article m'a paru renfermer d'ingénieux aperçus et des idées classiques exprimées dans un style un peu trop romantique. Je n'oublierai point de faire mention d'un discours du président de l'Académie, qui renferme beaucoup d'esprit contre le romantique plutôt que sur le romantique. On trouvera, dans le chapitre intitulé : *Du classique et du romantique*, des *Hermites en liberté*, un parallèle lumineux entre Racine et Sakespear. On lira aussi, avec un vif intérêt, une brchure de M. Audin, *sur le romantique*.

En passant en revue, dans ce chapitre, les opinions émises par des littérateurs distingués, sur la question dont nous nous sommes occupés dans cet écrit, nous avons surtout cherché à nous éclairer nous-mêmes. Cette analyse se trouve placée dans cet ouvrage, dans le même ordre que nos pensées se sont succédées dans notre esprit, lorsque nous méditions sur cet important sujet : c'est-à-dire, que nous nous étions livrés d'abord à nos propres réflexions, sans appeler à notre aide ni les conseils ni les lumières d'autrui. Bientôt, nous défiant avec juste raison de nos forces, nous avons craint de nous être fourvoyés, et nous revenions avec circonspection et avec une sorte de découragement sur la carrière que nous avions imprudemment parcourue. Alors, nous avons recueilli les morceaux dont nous venons de citer quelques fragmens ; et trouvant dans cet examen, par et comparaison, l'apologie, ou la critique de nos pensées, nous tâchions, en justifiant l'une, en cherchant à fléchir l'autre, d'achever un travail qui fût moins indigne du lecteur.

Il m'a semblé reconnaître (et peut-être

faut-il attribuer cette observation à une prévention de mon esprit) cette différence essentielle entre les fauteurs et les détracteurs du romantisme, entre ceux qui le tolèrent et ceux qui le proscrivent, que les premiers restent souvent dans la question, tandis que les seconds, errans à l'entour du champ de bataille, portent à leurs adversaires des coups terribles, il est vrai, mais qui ne sauraient les atteindre : ils dépassent rarement, dans leurs joutes polémiques, les bornes de la syntaxe ; ou, si quelquefois ils se décident à s'élever un peu plus haut, ils argumentent avec des fleurs de rhétorique, et croient triompher avec des tropes.

Je ne me permettrai point de trancher la question, bien que je m'avise peut-être un peu tard de me targuer de scepticisme. Quoi qu'il en soit, et en supposant que l'un et l'autre parti eussent commis quelque erreur, il me semble qu'on sera mieux porté à excuser ceux qui, en donnant des bornes moins étroites à cette question, ont ainsi agrandi le champ de la littérature.

FIN.

TABLE

DES CHAPITRES.

Chapitre Ier. Observations préliminaires.

Chap. II. État de la question.

Chap. III. Coup-d'œil sur les époques les plus re-marquables de la littérature française.

Chap. IV. Comment la révolution a dû produire une littérature nouvelle.

Chap. V. Examen des changemens survenus dans la littérature française, et de leurs rapports avec les innovations politiques.

Chap. VI. De l'origine du romantique en France.

Chap. VII. Du goût littéraire, considéré dans ses rapports avec le classique et le romantique.

Chap. VIII. Du beau idéal en littérature, considéré dans ses rapports avec le classique et le roman-tique.

Chap. IX. Si le romantique tend au matérialisme.

Chap. X. Du romantique et du classique, considérés sous le rapport grammatical et littéraire.

Chap. XI. Examen de quelques opinions publiées
dans ces derniers temps sur le classique et le romantique.

EXTRAIT
DU CATALOGUE
DES LIVRES DE FONDS,
ET EN NOMBRE,

QUI SE TROUVENT CHEZ AUGUSTE UDRON,

LIBRAIRE, QUAI MALAQUAIS, N°. 13.

———

ABRÉGÉ de la Grammaire Française, par Wailly; nou-
veile édition, 1 volume in-12, 1 fr. 5o c.
Abrégé de toutes les Sciences, par Masson, 1 vol. in-8°,
figures, 9 fr.
Abrégé élémentaire de l'Histoire de France, depuis les
temps héroïques jusqu'à nous; par Gault de Saint-
Germain, 5 gros vol. in-12, 12 fr.
Abrégé de la Vie des Saintes Femmes, des Martyres et des
Vierges, 1822, 2 vol. in-12, fig., 8 fr.
Abrégé des Révolutions de l'ancien Gouvernement fran-
cais, par Thouret Paris, 1 vol. in-18, 2 fr.
Antonie, ou les Malheurs d'une invasion, par l'auteur de
l'Enfant du Coche, 5 vol. in-12, fig., 1825, 7 fr. 5o c.
Art (l') Poétique de Boileau, 1 vol. in-52, br., 60 c.
Aventures du chevalier Beauchène; par Lesage, 2 vol.
in-12, 5 fr.
Aventures de Télémaque, 1 vol. in-12, fig., 5 fr.
  le même, 2 vol. in-8°, portrait, - 15 fr.
  le même, 4 vol. in-18, fig., 10 fr.
Bachelier de Salamanque, 2 vol. in-12, 5 fr.
  le même, 2 vol. in-18, 2 fr. 5o c.
Beautés de l'Histoire Grecque, 1824, 1 vol. in-12, fig., 5 fr.
  de l'Histoire Romaine, 1824, 1 vol. in-12, 5 fr.
Bearnais (les Petits); par Mme. de Lafaye, 4 vol. in-18,
fig. noires, 6 fr.
Bible de Royaumont, ornée de 41 figures, 1 volume
in-12, 5 fr. 5o c.
Bibliothèque d'Arthur; par Mme. de Lafaye, 3 vol. in-18,
fig. noires, 5 fr.

Biographie des Contemporains, par Napoléon, 1824, 1 vol.
in-8e., 6 fr.

Castaing, ou la Victime des Passions, poëme historique;
par Bonjour, 1 vol. in-18, 2 fr.

Catéchisme historique, ou Abrégé de l'Histoire Sainte,
1 vol. in 12, 1821, 2 fr. 50 c.

Code civil des Français; nouvelle édition entièrement
conforme à celle originale et seule officielle, précédé de
la Charte constitutionnelle, de diverses lois sur les élec-
tions, sur le notariat, sur les délits de la presse; d'une
nouvelle ordonnance relative à la plaidoirie, et terminé
par une table de chapitres, 1 vol. in-32, imprimé par
Firmin Didot, sur beau papier vélin satiné, 3 fr.

Code de commerce, nouvelle édition, augmentée de diverses
lois relatives à l'organisation de la banque de France,
du tableau de la division des nouveaux poids et mesures,
suivis de leurs rapports avec les anciens, de la concor-
dance des Calendriers pour trente années, d'un tableau
de comparaison des monnaies étrangères avec les monnaies françaises; des lois sur le taux de l'intérêt de
l'argent, d'un tableau indicatif des rapports qui existent
entre les dispositions du Code de commerce et celles
du Code civil et de procédure civile, et terminé par
une table raisonnée des matières, 1 vol. in-32, imprimé
par Firmin Didot, sur beau papier vélin satiné,
1823, 2 fr. 50 c.

Code de procédure civile, nouvelle édition, augmentée
de lois et réglemens concernant la cour de cassation et
le conseil d'état, des lois sur l'enregistrement, du tarif
des frais et dépens, et terminé par une table des matières, 1 vol. in-32, imprimé par Firmin Didot, sur
beau papier vélin satiné, 1823, 3 fr.

Charles Barimore, par le comte de Forbin ; 4e. édition,
2 vol. in-12, ornés d'une très-jolie gravure, 1823, 5 fr.

Contes à ma fille; par Bouilly, 2 vol. in-12, fig., 10 fr.

Conseils à ma fille ; par le même, 2 vol. in-12, fig., 10 fr.

Contes moraux, par madame Beaumont, 2 volumes
in-12, 5 fr. 50 c.

Contes moraux; par Marmontel, nouvelle édition conte-
nant les anciens et les nouveaux, etc., 6 vol. in-18, 12 fr.

Contrat social; par J.-J. Rousseau, 1 vol. in-8o., portrait, 5 fr. 50 c.

    Le même, 1 vol. in-12, 2 fr. 50 c.

Conversations d'Émilie; par madame d'Épinay, 2 vol.
in-18 ; 4 fr.

Correspondance de Prosper et Juliette, 2 vol. in-18, 3 fr.
Daphnis et Chloé, par Longus, 1823, 1 vol. in-18, 2 fr.
De la nature et de l'usage des bains; par Marcard, 1 vol. in-8°., Paris, 3 fr. 50 c.
Description de la Chine; par Grosier, 2 vol. in-8°., 10 fr.
Diable Boiteux, de Lesage, 2 vol. in-12, 5 fr.
Dictionnaire d'Amour, Paris, 1 vol. in-12, br., 3 fr.
Dictionnaire de l'Académie française, 2 vol. in-4°., dernière édition, 36 fr.
Dictionnaire de botanique et pharmaceutique, 1 vol. in-8°., 3 fr.
Dictionnaire d'émulation à l'usage de la jeunesse; par le chevalier Propiac, 1 vol. in-12, 3 fr.
Dictionnaire géographie, de Robert, dernière édition, 2 vol. in-8°., 10 fr.
Dictionnaire de Religion, ou Leçons de littérature sacrée, par Masson fils aîné, 1 vol. in-12, 3 fr.
Ecole (petite) des arts et métiers, par Jeauffret, 4 vol. in-18, fig. noires, 8 fr.
Éducation par l'histoire, ou École des jeunes gens, 1824, 1 vol. in-12, 3 fr.
Élégies, suivies d'Emma et Éginard, poëme, et d'autres poésies inédites, par Millevoye, 1 vol. in-18, 4 fr.
Élémens de littérature, par Marmontel; nouvelle édition, augmentée des Essais sur le goût et sur les romans, et de Considérations sur la littérature romantique; par M. Regnault-Warin, 8 vol. in-18, papier satiné portrait ; 20 fr.
Enfans (les) de la Providence, par madame de Lafaye, 4 vol. in-18, fig., 6 fr.
Enfans (les) Voyageurs ; par madame Guenard, 1818, 4 vol. in-18, 8 fr.
Époques remarquables de l'Histoire universelle, ou Morceaux extraits des historiens anciens et modernes, 5 vol. in-12, fig., 15 fr.

Chaque partie se vend séparément , savoir :

Époques de l'Histoire ancienne, 1 vol. in-12, fig., 1823, 3 fr.
Époques de l'Histoire romaine, 1 vol. in-12, fig., 1823, 3 fr.
Époques de l'Histoire du Bas-Empire, 1 vol. in-12, fig., 1823, 3 fr.
Époques de l'Histoire de France, 2 vol. in-12, fig., 1823, 6 fr.
Esquisse des progrès de l'esprit humain, par Condorcet, 1 vol. in-8°., 6 fr.

Extrait d'Histoire naturelle de Buffon, 1 v. in-18, fig., 75 c.
Fables d'Esope, 1 vol. in-18, 276 fig. en bois,   2 fr.
Fables de Florian, nouvelle édition, augmentée de fables
   inédites, 1 vol. in-32, papier vélin satiné,   3 fr.
Fingal, poëme d'Ossian, 1 vol. in-18, fig.,   3 fr.
Galerie des Enfans, 1 vol. in-12,   3 fr.
Galerie des jeunes personnes, 1 vol. in-12, fig.,   3 fr.
Guide du voyageur en Suisse, par Richard, 1 gros vol.
   in-12, fig. Paris, 1824,   12 fr.
Guide du voyageur en France, par le même, 1 vol. in-12,
   fig., 1824,   6 fr. 50 c.
Han d'Islande; par V. Hugo, 4 vol. in-12,   10 fr.
Héritage de mon oncle l'Abbé, ou la Revue de mon se-
   crétaire; par madame de Choiseuil. Paris, 1823, 2 vol.
   in-12,   5 fr.
Hermites (les) en liberté; par MM. Jouy et Jay, 2 vol.
   in-8o. Paris, 1824,   14 fr.
Histoire abrégée de l'inquisition d'Espagne; par Gallois.
   Paris, 1824, 1 vol. in-18,   3 fr. 50 c.
Histoire d'Angleterre, de David Hume, 20 vol. in-12, 40 fr.
Histoire des Assemblées représentatives; par Félix Bodin,
   1 vol. in-18,   2 fr.
Histoire chronologique des peuples du monde, depuis le
   déluge jusqu'à ce jour; par Baillot de Saint-Martin, 4
   vol. in-8o., 1820,   24 fr.
Histoire de Gilblas de Santillane; par Lesage, 4 vol.
   in-12, 1820,   10 fr.
        Le même, 4 vol. in-32,   10 fr.
Histoire de la Révolution française; par Mignet, 2 vol.
   in-18. Paris, 1824,   7 fr.
Histoire de la vie et des ouvrages de Voltaire; par L.
   Paillet de Warcy, 2 vol. in-8o., portraits, 1824, 14 fr.
Intrigue du cabinet; par Anquetil, 4 vol. in-12,   10 fr.
Jardinier-fleuriste, 1 vol. in-12, fig.,   2 fr. 50 c.
Jérusalem délivrée, traduite du Tasse; par le Prince Le-
   brun, nouvelle édition, corrigée par l'auteur, ornée du
   portrait du Tasse, gravé pour la première fois d'après
   le tableau original, et de vingt estampes dessinées par
   le Barbier l'aîné, exécutées par les premiers artistes.
   Paris, 1813, 2 vol. in-8o., beau papier,   25 fr.
        La même, 2 vol. in-12, 21 portraits,   6 fr.
Jocko, nouvelle Indienne; par Charles Pougens, 1 vol.
   in-18,   3 fr.
Joseph; par Bitaubé, 1825, 1 vol. in-18, fig.,   3 fr.
Labruyère (le) de la jeunesse, suivi de morceaux choisis

et historiettes propres à former le cœur et l'esprit de la
jeunesse, 1 vol. in-18, orné de plusieurs gravures, 3 fr.
La Harpe de la jeunesse, 4 vol. in-12,   12 fr.
Langue des calculs; par Condillac, 2 vol. in-18, 3 fr. 50 c.
Lettres à Emilie sur la mythologie; par Dumoustier,
    6 vol. in-18, grand raisin, ornées de 64 gravures, 15 fr.
        6 vol. in-18, 12 gravures,   6 fr.
        6 vol. in-18, 6 gravures,   4 fr.
Lettres persanes; par Montesquieu, nouvelle édition, ac-
    compagnées de notes; par MM. Edouard Gautier et
    Collin de Plancy, 1 vol. in-18, papier fin,   3 fr. 50 c.
Lettres de madame de Sévigné, de sa famille, de ses amis,
    précédées d'une notice biographique sur madame de
    Sévigné; par M. Gault de Saint-Germain, édition or-
    née de 25 portraits dessinés par Deveria. Paris, 1823,
    12 vol. in-8o.,   84 fr.
Lettres philosophiques sur l'intelligence des animaux;
    par Leroy, 1 vol. in-8o.,   4 fr.
Lucrèce, de la Nature des choses, 2 vol. in-18, fig., 1823,
                                                          6 fr.
Lycée, ou Cours de littérature; par La Harpe, 16 vol.
    in-18, nouvelle édition,   40 fr.
Lycée de la jeunesse; par Moustalon, 2 vol. in-18, 1823,
                                                          7 fr.
Magasins des enfans, ou Dialogue d'une sage gouver-
    nante; par madame Leprince Beaumont, 4 vol. in-18,
    fig., 1822,   6 fr.
Manuel de la politesse, 1 vol. in-18, fig.,   1 fr. 50 c.
Manuel dramatique; par Geoffroy, 1 vol. in-18, 1822,
                                                    2 fr. 50 c.
Marchands (les petits) ambulans; par madame Langlois,
    3 vol. in 18, fig.,   5 fr.
Méditations sur l'économie politique; par le comte Verri,
    traduit de l'italien, par F. Neale. Paris, 1823, 1 vol.
    in-8o.,   3 fr. 50 c.
Mémoires pour servir à la vie du général Lafayette, 2
    vol. in-8o,   12 fr.
Mentor de l'enfance, 1 vol. in-12, fig.,   3 fr.
Montaigne (le) de la jeunesse, suivi de contes, histo-
    riettes en vers et en prose, et de morceaux d'histoire
    naturelle; par Aimé Martin, 1 vol. in-18, orné de gra-
    vures et portraits,   5 fr.
Morale (la) en action. Paris, 1821, 1 vol. in-12,   5 fr.
Morale du jeune âge, 4e. édition, 1822, 2 vol. in-18,
    fig.,   3 fr. 50 c.

Morale des poètes; par Moustalon, 3e. édition, 2 vol. Paris ,   6 fr.
Moralistes (les) de la jeunesse, précédés de contes, historiettes en vers et en prose et des morceaux d'histoire naturelle; par Aimé Martin, 4 vol. in-18 , ornés de 12 gravures,   12 fr.
Mort (la) d'Abel; par Gessner, 1 vol. in-18., jolie édition,   1 fr. 50 c.
Nuits d'Young, 2 vol. in-12. Paris, 1823,   6 fr.
            2 vol. in-18. Paris, 1817,   3 f.
OEuvres diverses de Barthélemy, 2 vol. in-8o., fig., 10 fr.
            4 vol. in-18,   8 fr.
OEuvres choisies de Bernard, 1 vol. in-32, 1823,   3 fr.
OEuvres de Bernis, 2 vol. in-12 , papier fin ,   4 fr.
OEuvres de Bertin, 1 vol. in-8o., fig. Paris, 1824,   7 fr.
OEuvres poétiques de Boileau Despréaux, 1 vol. in-8o., 5 fr.
OEuvres de Crébillon, 2 vol. in-8o., satinés, 1824, 14 fr.
OEuvres de madame Deshoulières, 1821, 2 vol. in-18, 3 fr.
OEuvres de Duclos, 3 vol. in-8o., 1820,   24 fr.
OEuvres de Gilbert, 1 vol. in-8o., fig, 1823,   12 fr.
OEuvres de Gilbert, avec une nouvelle notice; par Amar, 2 vol. in-32, 1824 ,   5 fr.
OEuvres choisies de madame de Graffiguys, 2 vol. in 18, 1819,   5 fr.
OEuvres choisies de Gresset, 1 vol. in-32, 1824,   3 fr.
OEuvres complètes d'Horace, traduites en français par C. Batteux, édit. revue par Achaintre, 3 vol. in-8o., 21 fr.
OEuvres de Labruyère, suivies des caractères de Théophraste, traduites du grec; par le même, et augmentées de notices et de jugemens sur ces deux moralistes, par Suard , La Harpe, Vauvenargues, etc., etc., 2 gros vol. in-18, papier ordinaire,   6 fr.
            papier fin satiné,   6 fr. 50 c.
OEuvres de Mably, 12 vol. in-8o,   36 fr.
            24 vol. in-18,   30 fr.
OEuvres de Clément Marot , 5 vol. in-18 , satiné, 1823, 17 fr. 50 c.
OEuvres de Montesquieu, suivies d'un commentaire; par M. le comte Destutt de Tracy. Paris, 1822, 8 vol. in-8o., papier satiné,   44 fr.
OEuvres choisies d'Alexis Piron, 2 vol. in-8o., 1823, 14 fr.
OEuvres de J. Racine, 4 vol. in-32, 1825,   12 fr.
OEuvres complètes de madame de Souza, 6 vol. in-8o., 1822,   56 fr.
            Le même, 12 vol. in-12, ,   30 fr.

OEuvres choisies de Vauvenargues, précédées d'une notice biographique sur l'auteur, 1 gros vol. in-18, 3 fr.

OEuvres de Virgile, 4 vol. in-8°., grand papier vélin, fig, avant la lettre, 72 fr.
4 vol. in-4°., 108 fr.

Ouslad, ou le bois de Marie, nouvelle russe imitée de B. Jourovsky; par Charles H***., 1824. Paris, 1 vol. in-12, papier fin, 3 fr. 50 c.

Pamela, ou la Vertu récompensée; par Richardson. Paris, 1820, 2 vol. in-8°., 9 fr.

Pascal (le) de la jeunesse, suivi des merveilles de la nature, etc.; par Aimé Martin, 1 vol. in-18, orné de plusieurs gravures, 3 fr.

Parisien (le parfait); par Vauquelin, 1 vol. in-32 oblong. Paris, 1824, 2 fr.

Paul (petit); par madame Langlois, 1 vol. in-18, fig., 1 fr. 50 c.

Petites félicités; par Abel Dufresne, 1 vol. in-12, 1 fr. 80 c.

Pharsale (la) de Lucain, traduction de Marmontel, de l'académie française. Paris, 1823, 2 vol. in-18, ornés de deux jolies gravures, 7 fr.

Pigeons de volière et du colombier; par MM. Boitard et Carlier, 1 vol. in-8°. avec 25 fig. de pigeons. Paris, 1824, 6 fr.

Plaisirs de la campagne; par M. Davaux, 1 vol. in-18, 3 fr. 50 c.

Poésies de Bonnard, 1 vol. in-32, 1824, 3 fr.

Poésies de madame Desroches, 1 vol. in-12, 4 fr.

Progrès de la civilisation en France; par C. Desmarais, 1 vol. in-18, 1823, 3 fr.

Pupille (le) des braves, ou la Ferme et le Château des bords de l'Isère, 2 vol. in-12, fig., 5 fr.

Robinson Crusoé (le petit); par Lemaire, 1 vol. in-18, 1 fr. 50 c.

Roland furieux, poëme héroïque de l'Arioste; par le comte de Tressan. Paris, 1824, 4 vol. in-32, 8 fr.

Rousseau, ses confessions. Paris, 1822, 4 v. in-32, 10 fr.
Nouvelle Héloïse. Paris, 1822, 4 vol. in-32, 10 fr.
Emile, ou de l'Education. Paris, 1824, 4 vol. in-32, 10 fr.

Salluste, traduction de Mallevaut; par Barbier du Bocage, 1 vol. in-12, avec cartes, 5 fr.

Satires de Juvénal, traduites par J. Desaulx; revues par Achaintre, 1821, 2 vol. in-8°., 14 fr.

Satires de Perse, traduites en français, par Sélis, nou-

velle édition, revue par Achaintre, 1822, 1 vol.
in-8°.,   6 fr.
Science du négociant, par Laporte, 1 vol. in-8°.
oblong,   5 fr.
Secrétaire (petit) des amans, 1 vol. in-18. Paris, 1822,
                                                         1 fr. 25 c.
Solitaire Chrétien; par l'abbé Lasausse, 2 vol. in-18,
fig.,   4 fr. 50 c.
Souvenirs de ma Vie, 1 vol. in-8°,   5 fr.
Souvenirs poétiques de deux prisonniers; par Magalon et
Barginet, 1 vol. in-18, grand raisin, satiné, por-
traits, 1825,   3 fr. 50 c.
Tableau de l'enfance, 1 vol. in-18, fig. Paris, 1823, 2 fr.
Tableau historique du progrès de la civilisation en France,
depuis l'origine de la monarchie jusqu'à nos jours; par
C. Desmarais, 1 vol. in-18, 1825,   3 fr.
Télémaque (le petit), 1 vol. in-18, 1824,   1 fr. 25 c.
Tour du monde (le); par madame Dufrenoy, 6 vol.
in-18, fig.,   12 fr.
Traité sur les abeilles, 3 vol. in-8°., fig.,   15 fr.
Traité de l'allégorie, par Vinkelmann, 2 vol. in-8°., 10 fr.
Traité de la culture des arbres fruitiers, 1 vol. in-
8°.,   7 fr. 50 c.
Traité des maladies chroniques; par Martinet, 1 vol.
in-8°.,   5 fr.
Vauvenargues (le) de la jeunesse, suivi de tableaux et
beautés pittoresques de la mer; par Aimé Martin, 1
vol. in-18, gravures,   3 fr.
Vie de Voltaire, par Condorcet, 1 vol. in-18, port., 3 fr
Visite au Bazar, par Dambri, 1 vol. in-12, 1824,   3 fr.
Voyage à Bruxelles et à Coblentz, 1 vol. in-18, 1 fr. 50 c.
Voyage en Crimée, 1 vol. in-8°., cartes et fig.,   7 fr.
Voyage de Stavernius au Japon, 3 vol. in-8°., fig., 15 fr.
Voyage dans la Haute-Penylvanie, 3 vol. in-18, fig., 18 fr.
Voyages dans les trois royaumes, 3 vol. in-8°., fig., 15 fr.
Voyageurs (les jeunes) en France; par Depping, 6 forts
vol. in-18, fig., 1824,   30 fr.
Voyageur (le) moderne, ou Extrait des Voyages les plus
récens dans les quatre parties du monde, publiés en plu-
sieurs langues jusqu'en 1821; par madame Élisabeth de
Bon. Paris, 1822, 6 vol. in-8°, ornés de 36 gravures
de costumes,   36 fr.
Le même ouvrage. Paris, 1822, 12 vol. in-12, ornés pareil-
lement de 36 gravures de costumes,   30 fr.

9 782016 194928